AF389261

Martine CUENCA-DUPUY et Loys DUPUY

Le fantôme du campanile

et autres histoires courtes plus terre à terre.

Livio Éditions

Le virus s'est manifesté insidieusement au hasard d'une balade sur la toile.

C'est au détour d'une page qu'il a frappé, à travers un site anodin intitulé "Concours de Nouvelles" semblable à ces annonces sportives proposant le "Trail du Mont Blanc" ou les "Foulées Varoises" ...

Pratiquant l'écriture-loisir comme d'autres le jogging, très vite nous avons été contaminés. Premiers symptômes : sélectionner un thème inspirant, puis rechercher une idée originale tout en dévorant articles et conseils sur "l'écriture d'une nouvelle ".

Car ce virus, loin d'être indolore, est plutôt contraignant : thèmes, nombre de signes, mots ou incipits imposés, écriture brève, rapide et tonique, style incisif, chute inattendue ou ouverte ...

Le Marathon des mots peut alors commencer : écriture, réécriture, lecture, corrections, relecture, suppressions ...

Date limite : envoi, accusé de réception, attente des résultats.

Fin du suspens : simples remerciements des organisateurs, ou annonce d'une sélection ; cerise sur l'encrier : les félicitations du jury et l'invitation à la remise des prix et ... aux festivités.

Les nouvelles qui suivent ont été primées, sélectionnées ou ignorées par les différents jurys. Elles témoignent du bonheur que nous avons eu à les écrire.

L. et M.

Le fantôme du campanile

Depuis plusieurs jours la plage était déserte. Il n'avait pas été facile d'obtenir ce confinement des habitants mais les consignes semblaient enfin suivies.

Marco poursuivit sa ronde en longeant le Lido jusqu'à son extrémité avant de faire lentement demi-tour. La vedette qu'il conduisait repassa le long de ces plages ordinairement si fréquentées comme celle du Bluemoon. Pas âme qui vive. Le sable blanc brillait dans le soleil couchant : une vision de paradis malgré les circonstances.

L'épidémie s'était propagée à une telle vitesse que le Maire n'avait eu d'autre solution que cette interdiction totale de sortie. Les premiers jours avaient été difficiles surtout quand on avait décidé d'annuler le Carnaval. Une onde de colère avait alors parcouru la ville : pas de vol de l'Ange cette année, pas de touristes, pas de bals. Mais le nombre croissant de morts avait figé peu à peu la cité jusqu'au désert actuel. L'atmosphère était tout à la fois étrange et oppressante. Un silence total régnait, juste rompu par le bruit du moteur de l'embarcation et le remous de l'eau dans son sillage.

Marco arriva au débarcadère où les gondoles esseulées s'entrechoquèrent quand il accosta. Il fixa solidement l'amarre et descendit sur le quai.

Le pont des Soupirs paraissait plus lugubre qu'à l'ordinaire malgré la douceur du soleil couchant. Un léger clapotis dans le canal : Marco se pencha et observa avec étonnement quelques poissons dans une eau redevenue limpide ; il n'avait jamais vu une telle transparence.

Mais l'heure avançait et il devait retourner au poste faire son rapport. Il arriva Place Saint Marc où une troupe de pigeons cherchait fiévreusement les dernières miettes oubliées par les touristes des jours heureux. La terrasse du Florian montrait ses chaises empilées et ses tables vides. Pas la moindre musique ne s'échappait de l'établissement. Marco pressa le pas, pris soudain d'une sorte d'angoisse. Il était seul, désespérément seul, sur cette place connue du monde entier. Il eut alors la sensation d'être le survivant d'une fin du monde ; il était le héros d'un mauvais film catastrophe.

Il n'était pas particulièrement peureux mais, pour la première fois de sa vie, il ressentit une sensation de boule dans l'estomac. Le silence qui enveloppait les lieux l'oppressait et il respirait avec difficulté.

A cet instant, un léger bruit attira son attention. Au pied du campanile, il aperçut une forme féminine revêtue d'un domino pastel. Il s'apprêtait à l'interpeller mais aucun son ne sortit de sa gorge. Il s'approcha donc. La forme n'avait pas bougé et il constata qu'elle portait également un masque de Carnaval. Sous le carton doré on ne pouvait apercevoir que ses yeux noirs qui brillaient intensément. Conscient des circonstances et des risques de propagation de l'épidémie, Marco s'arrêta à distance raisonnable et parvint enfin à articuler quelques mots :

— Police ! Que faites-vous là ? Vous savez bien qu'il est interdit de sortir de son domicile !

— Oui, je le sais ! Mais j'ai voulu voir la renaissance de ma ville !

— La renaissance ! Ce n'est pas le mot que j'aurais utilisé compte tenu des circonstances !

— Mais si ! Regardez ! Plus un seul touriste ne vient salir la beauté de la Cité des Doges ! Plus un seul bateau de croisière ne vient mettre à mal ses fondations et polluer le Grand Canal. Les poissons sont revenus et l'eau est claire. J'ai l'impression que nous sommes revenus des siècles en arrière. Soyez attentif ! Peut-être Casanova va-t-il apparaître au coin du palais des Doges.

Marco s'apprêtait à répondre quand son téléphone de service

le ramena brutalement au vingt-et-unième siècle. C'était son chef qui s'impatientait. Il attendait son rapport pour regagner son domicile et lui laisser le tour de garde pour la nuit. Marco remit le téléphone à sa ceinture et se retourna : la Place était de nouveau totalement vide. Son interlocutrice avait disparu. Plus aucune trace de ce fantôme de Carnaval. Le soleil se couchait dans un flamboiement de rouge. Les monuments brillaient sous les derniers rayons. Les hommes étaient frappés mais les pierres semblaient renaître.

Un léger coup de vent souleva un objet au sol. Délicatement, le policier le ramassa : c'était un mouchoir brodé de la même couleur que la cape du fantôme …

Martine.

Ultime randonnée

— Tu vas être malheureux ce matin ...

Je suis partie rejoindre ceux qui m'ont précédée : Néthou, Dick, Toudy, Schön, Ketty et les autres... Je me suis endormie à cette place que j'affectionnais tant : ce recoin de la porte d'entrée qui me permettait de surveiller toute la propriété.

Mon premier maître s'est vite lassé de moi : il m'a abandonnée là, au milieu de la garrigue, sous le Coudon, petit chiot aux yeux d'or et au pelage miel. Et puis tu es arrivé, tu m'as prise dans tes bras, caressée, cajolée, et j'ai compris que c'était Toi.

Selon ton ami vétérinaire j'étais métisse de berger allemand et de malamute. Mon côté berger se manifestait dans ma façon de protéger la maison mais c'étaient mes ancêtres, chiens de traîneau, qui se révélaient dès que tu amenais ce harnais qui allait nous réunir pour des courses mémorables.

La première fois que tu m'as conduite dans tes Pyrénées, j'ai découvert un monde merveilleux. L'air y était plus frais que chez nous en Provence, la nature plus suave, le sol plus riche en humus, fortement imprégné de senteurs animales...

Souviens-toi ! A chacun de nos voyages, je manifestais ma joie d'y revenir, toujours au même virage : devant l'Hostellerie des 7 Molles, à Sauveterre-de-Comminges, tout près de notre village de Mont de Galié. A cet endroit précis, je ne tenais plus en place : j'aboyais, je griffais le hayon de la Picasso jusqu'à ce que tu me laisses sortir. Je déboulais alors comme une flèche, allais, venais, repartais puis revenais me jeter à tes pieds jappant de bonheur pour te dire :

— Eh ! Tu es chiennement sympa !! Je t'adore !!!

Tu te souviens de ce jour où nous avons quitté le chalet à la fraîche pour rejoindre la colline de Bernos au-dessus du village ?

Dès que tu m'as détachée, j'ai filé comme à mon habitude guidée par mon instinct de chasseresse. Mais cette fois, je n'ai pas couru derrière un lièvre ou un chevreuil : je me suis arrêtée au bord de la falaise, je me suis allongée, gueule au vent, babines frémissantes, et j'ai regardé vers l'horizon ces sommets que nous ne manquerions pas de conquérir. J'étais si bien, attentive au moindre bruissement du vent qui ramenait de la vallée des bribes de voix, des tintements étouffés de clarines et de légers bêlements... Tu étais inquiet et très en colère...

Quand tu m'as retrouvée, j'ai baissé la tête et jeté vers toi un regard humide et suppliant mêlé de crainte mais aussi de confiance.

Oh ! Tu ne t'es pas fâché ; tu t'es penché vers moi et tu as longuement câliné la jolie gueule de ta belle Urka face aux sommets enneigés du Luchonnais.

Tu m'as fait connaître ces montagnes ; nous les avons si souvent parcourues : Pic du Gar, Valier, Port de Venasque, Lac d'Oô, Pic de Cagire, La Rencluse et j'en passe. Durant ces longues randonnées qui nous enchantaient tous les deux, j'obéissais parfaitement à tes ordres ; je comprenais tous les mots nécessaires aux déplacements mais je comprenais aussi les situations. Quand nous descendions un chemin dangereux, difficile, escarpé, je m'arrêtais, je t'attendais et repartais quand tu arrivais à mon niveau, tout danger écarté. Tu connaissais bien la montagne mais il t'est arrivé parfois de ne pas retrouver ton chemin quand tu voulais faire une variante à notre course. A ce moment-là, ton Urka n'était plus aussi obéissante... Je m'obstinais à ne tenir aucun compte de tes ordres pour te tracter de force jusqu'à ce que tu reviennes enfin dans la bonne direction.

Ah ! Tes variantes ! Il en est une qui m'a laissé un souvenir particulièrement pénible. J'étais pourtant infatigable et menais si fort le train de notre course que les randonneurs que nous croisions te demandaient souvent si je n'étais pas à louer... Mais ce jour-là, pour la première fois, je me suis couchée au milieu du chemin, incapable d'avancer, assoiffée, épuisée. Quelle aventure !

Nous étions partis faire, une fois de plus, le Port de

Vénasque : sublime randonnée ! Après le col, tu as décidé d'emprunter un sentier que tu avais découvert lors d'une compétition de trail. Mais tu n'as pas vu l'embranchement vers la gauche et nous avons marché, marché, sans trouver ce chemin qui devait nous ramener à l'Hospice de France. La journée avançait : tu t'obstinais à ne pas faire demi-tour et j'étais incapable de te venir en aide car ce sentier m'était totalement inconnu. Pas âme qui vive pour nous renseigner, pas une maison à l'horizon et ce sentier qui n'en finissait pas sous un soleil de plomb. Je ne caracolais plus devant toi et mes coussinets commençaient à être douloureux.

Nous avons enfin atteint une route et l'avons suivie jusqu'à un petit village : stupeur ! Nous avions "atterri" dans le Val d'Aran, en Espagne, au-dessus de Bossost, bien loin de notre véhicule. Tu as appelé un taxi. Quand il m'a vue, il a refusé de nous prendre mais tu as su te montrer persuasif et nous avons fini par embarquer. Le soleil se couchait quand nous avons atteint la voiture et je n'ai pas oublié les vociférations du chauffeur quand tu lui as donné toute la monnaie de ton portefeuille qui était loin de couvrir le prix de la course...

Malgré mon âge, ma fatigue et mes rhumatismes, tu m'as ramenée une dernière fois dans nos Pyrénées. Nous n'avons pas fait nos grandes balades habituelles mais j'ai revu le Pic du Gar, retrouvé ma superbe niche façon chalet et entendu le brame du cerf qui me faisait hurler comme mes ancêtres nordiques.

Merci pour la belle vie que tu m'as donnée. Nous avions les mêmes goûts pour la nature, les grands espaces, la montagne... Tu sais, tu as été le seul à qui j'ai accepté d'obéir. Chevreuils, marcassins ou faisans ont fait les frais de mon instinct sauvage et mes congénères avaient intérêt à rester à distance. Mais pour toi, mon musher, j'ai muselé mon caractère dominant et je t'ai suivi partout où tu as voulu aller.

Quand tu vas me découvrir, en ce funeste petit matin de printemps, je sais que tu vas être très malheureux. Je sais que tu m'enterreras dans ce petit enclos de pierres que Valentin et Rémi ont préparé à l'est de la maison, au milieu de la garrigue et des romarins, tout près des sangliers, objets de mes fantasmes les plus fous. Je sais surtout que tu ne m'oublieras pas ; que je garderai la première place dans ton cœur.

En souvenir de moi, il te faut une autre compagne. Ne te vexe pas, mais tu as pris de l'âge et le temps des grandes sorties est passé. Il te faut une chienne plus douce et moins fougueuse que moi. Tu te souviens comme j'étais jalouse de ces magnifiques Patous que tu regardais avec beaucoup trop d'insistance à mon goût ? Ils sont mes cousins éloignés : câlins, affectueux mais redoutables pour la garde. Ils étaient les préférés de Gaston Phébus qui en a parlé dans son Traité de la Chasse.

N'hésite pas, cherche la perle rare ; sans doute sera-t-elle dépaysée, mais tu l'emmèneras dans tes Pyrénées chéries : tu lui raconteras nos aventures...

Adieu mon maître.

Loys.

L'odeur de la terre

Armand ne parvenait pas à trouver le sommeil. Il tournait et retournait dans le lit tandis qu'à côté de lui, Élise, sa femme, dormait profondément, fatiguée par sa double journée de travail. Jusqu'à dix-sept heures elle était secrétaire à l'usine de pâte à papier de Saint Gaudens et le soir, elle travaillait avec lui dans leur exploitation à Sauveterre de Comminges.

C'est elle qui ramenait de quoi nourrir la famille car Armand avait beaucoup investi pour cette petite ferme du piémont pyrénéen aux terres morcelées.

Après avoir décidé, comme la plupart des agriculteurs du coin, de stocker le fourrage en grosses boules emballées dans du plastique il avait fallu acheter le matériel pour les transporter jusqu'à la nouvelle étable de quarante mètres de long recouverte de panneaux solaires. EDF lui rachetait bien l'excédent d'électricité mais l'ensoleillement était capricieux et ce n'était pas demain la veille du jour où il aurait rentabilisé cette installation.

Pour couronner le tout, le représentant de John Deere l'avait convaincu d'acheter un gros tracteur climatisé. Il lui avait même parlé d'utiliser des satellites pour optimiser l'eau et les engrais pour son maïs.

— Des satellites ! Tu parles ! Se dit-t-il. Le téléphone portable ne passe même pas ici. Ça fait des années que les autorités annoncent la fin des zones blanches et on ne voit rien venir...

Mentalement, il refaisait le calcul de toutes les traites à payer chaque mois et comparait leur montant avec les maigres revenus que rapportait la vente des veaux qu'il élevait. Le marché de Saint Gaudens était pourtant réputé mais la concurrence et les normes sanitaires obligeaient à faire toujours plus d'investissements pour un revenu toujours plus maigre.

Si au moins, il travaillait pour que la ferme continue à exister ! Même pas ! Pierre, leur fils, ne voulait pas prendre la suite. Il ne rêvait que d'être guide de montagne à Luchon ou à Saint Lary.

Faire ses comptes doit être aussi efficace que compter des moutons car Armand finit par plonger dans les bras de Morphée.

Au bout du champ situé sur le côté sud de Bruncan, une silhouette coiffée d'un vieux béret semblait attendre Armand. Lorsqu'il arriva à proximité, il reconnut son grand-père Fernand. Le vieux avait l'air de très mauvaise humeur et il l'interpella.

— Millodiou ! Qu'est-ce que tu as fait de ma ferme ? Je ne la reconnais plus. Tu as laissé tomber la maison où j'ai vécu pour construire à côté une bâtisse moderne et tu remplis les hangars de matériel que tu rembourses au Crédit Agricole à prix d'or ! Je me suis escagassé toute ma vie pour maintenir ce patrimoine et tu vas tout me manger pour un tracteur... Si encore ça te rendait heureux ! Même pas ! Tu cours après l'argent, tu penses sans arrêt à tout ce que tu dois et tu ne profites plus de rien. Est-ce que tu es allé aux palombes cette année ? Non ! Et tu laisses ma palombière tomber en ruines alors que j'ai sué pour la construire.

Réagis ! Ne laisse pas ta vie passer. Avec ton tracteur climatisé quand tu laboures ou que tu fauches tu n'as même plus l'odeur de la terre !

La voix s'éloigna jusqu'à ne plus être qu'un murmure qui ressemblait au souffle du vent.

Le jour était en train de se lever. Armand regarda le réveil sur sa table de nuit : cinq heures trente. Élise dormait toujours : aujourd'hui, elle était de repos. Il se leva sans bruit et se dirigea vers la cuisine. Un bon café lui ferait du bien : il lui semblait encore entendre son grand-père. Il savait pourtant que ce n'était qu'un rêve mais les paroles du vieux résonnaient dans sa tête. C'était vrai qu'il ne montait plus aux palombes. Il faut dire aussi qu'il n'en passait plus autant qu'à l'époque.

Son bol de café à la main, il songea au temps bienheureux de son enfance quand il accompagnait papy Fernand jusqu'au col du Hô, dans la montée vers le Pic du Gar. A cette époque, les palombes arrivaient en vols serrés et on entendait de tous côtés des coups de feu dont l'écho résonnait sur la montagne.

Armand posa son bol vide dans l'évier et sortit sans bruit.

Ce matin, il voulait labourer le grand champ vers Lôo. Mais, au lieu de se diriger vers son grand hangar tout neuf où son tracteur rutilant était garé, il pénétra dans la vieille remise. Elle était pleine de toiles d'araignées et son irruption dans ce local figé depuis des années dérangea deux chauve-souris qui y avaient élu domicile. Armand se dirigea lentement vers une forme imposante recouverte d'un vieux drap. Comme un enfant qui a peur de se faire gronder, il releva délicatement le coin du tissu, soulevant, malgré ses précautions, un nuage de poussière.

Et là, oubliée depuis des années, il découvrit la faucheuse de papy Fernand. Fébrilement, il enleva le drap pour découvrir en entier cette antique machine. Papy Fernand était un sacré bricoleur ! Il avait acheté chez Garros à Saint Gaudens une motofaucheuse puis l'avait transformée en lui fixant un vieux siège de tracteur en métal troué. Ensuite il avait placé une boule récupérée dans une casse de voitures et avait même réussi à rajouter une petite charrue qui pouvait s'enlever à volonté.

Armand ferma les yeux, l'odeur de l'herbe fraîchement coupée lui revint en mémoire. Il était si heureux quand il accompagnait Papy au champ et revenait à la ferme juché sur le tas de foin de la remorque attelée à l'engin extraordinaire de son grand-père.

Il lui sembla qu'un léger coup de vent avait fait bouger la poignée de démarrage. On aurait dit qu'elle le provoquait ; la corde avait l'air en bon état. S'il essayait de démarrer ? Il hésita encore mais cette poignée l'attirait irrésistiblement. Il tira lentement sur la corde jusqu'à sentir un léger blocage puis il manœuvra la poignée avec vivacité. Un toussotement sortit du vieux moteur endormi.

— Il va démarrer ! S'écria Armand avec enthousiasme.

D'un pas décidé, il partit à la recherche d'essence et d'huile.

Il réfléchit un moment pour se rappeler le dosage : il n'avait plus l'habitude de ces vieilles machines. Avec délicatesse, il remplit le réservoir et prit même le temps de démonter et de nettoyer la bougie pour que le démarrage ne martyrise pas la vénérable mécanique. Enfin, tout lui parût prêt pour tirer à nouveau sur la poignée. Il caressa doucement le morceau de bois poli par les doigts de papy Fernand, puis d'un geste décidé, tira sur la corde.

Dans un nuage de fumée noire, le moteur reprit allègrement du service. Un sourire ravi illumina le visage d'Armand. Il attendit quelques instants pour être sûr que l'engin ne s'étouffe pas avant de baisser le levier du starter. Tout allait bien, le ralenti tenait et la machine avait l'air de piaffer d'impatience.

Armand essuya une dernière fois le siège avant de s'y installer. Il saisit alors le guidon et la machine se mit en marche, bruyamment, avec à sa suite un joli panache de fumée.

Attirée par ce bruit inhabituel, Élise sortit de la buanderie. Elle profitait de ce jour de congé pour terminer les tâches ménagères. Incrédule, elle fixa son mari qui, tel un empereur romain sur son char, sortait de la remise juché sur son antiquité pétaradante.

— Où vas-tu avec ça ?

— Je vais retrouver l'odeur de la terre ! répondit Armand, en passant devant elle...

Martine.

Frères de sang

Le coup de fusil a claqué vers quatre heures du matin. L'écho a résonné longtemps sur les montagnes environnantes. Mais dans le village de Roubion, perché à flanc de montagne, personne n'a bougé. Seuls quelques chiens ont jeté à la Lune des aboiements désapprobateurs. Puis le silence est retombé.

Près de la Chapelle Saint Sébastien, Pipo le chien s'agite et gratte à la porte de la cabane où Aldo, son maître dort d'un sommeil lourd. Les gémissements de l'animal parviennent enfin à faire réagir l'homme qui se lève en maugréant ; il a un peu abusé du genépi, hier soir à l'auberge des Buisses où il a dépensé les quelques sous gagnés en livrant du bois. Titubant légèrement, il gagne la porte et l'ouvre pour laisser sortir le chien. Pipo se précipite vers une forme sombre qui obstrue l'extrémité du chemin qui mène à la cabane. Aldo a beau écarquiller les yeux, il ne distingue rien dans la pénombre du petit matin. Le chien s'étant mis à aboyer, Aldo décide d'aller voir. Sur l'étagère branlante à côté de la porte, il saisit une antique lampe de poche en tôle rouge à la peinture écaillée et s'approche de l'objet qui perturbe son chien.

— Tais-toi le chien, marmonne-t-il en se penchant et en dirigeant le faisceau de sa lampe vers le sol.

Un homme gît là, au beau milieu de son chemin. Aldo se penche un peu plus, éclaire le visage et étouffe un cri :

— Richard !

Que fait là le berger de monsieur Esperandieu ? Il devrait être à l'estive près de Vignols. Qui garde les brebis ? Ce n'est pas le moment de les laisser seules : les attaques de loups sont de plus en plus fréquentes. Aldo a posé sa torche pour secouer Richard quand il aperçoit un filet de sang qui s'écoule de la commissure des lèvres du berger. Inutile de le secouer : on ne peut plus rien faire pour lui. Par contre, le troupeau a besoin d'aide. Aldo se relève et sans hésiter se dirige vers le village suivi de Pipo .

Pour monter à Vignols, il faut traverser Roubion. L'étroite rue principale s'étire entre de hautes maisons ; celles de droite surplombent le vide. Un porche enjambe la rue. Le passage de l'homme et du chien provoque une salve d'aboiements mais Aldo n'en a cure : il ne pense qu'au troupeau laissé sans surveillance. Cet Italien, débarqué dans le village il y a plus de vingt ans a toujours vécu d'expédients. Il reste en marge du village car personne ne lui a jamais permis de faire ce dont il a toujours rêvé : s'occuper du bétail. On lui reproche un goût un peu trop prononcé pour la bouteille. Il se contente donc d'aider par ci par là en échange de quelques billets qu'il s'empresse souvent de placer au bistrot le plus proche...

Il atteint maintenant la sortie de Roubion et le tunnel qui débouche sur la piste de Vignols. Il lui reste un peu plus de huit kilomètres avant d'arriver. La route est étroite, empruntée par les 4x4, quelques vététistes et les randonneurs. Sur la droite, aucun parapet ne protège du vide et tout en bas coule la Vionène.

L'air frais du matin a achevé de dissiper les vapeurs de genépi et c'est d'un pas rapide qu'il poursuit sa route. Le jour se lève peu à peu, Aldo est inquiet ; il s'arrête car il a la sensation d'être suivi. Il jette un regard autour de lui : tout semble normal. Il a pourtant l'impression d'une présence toute proche. Il scrute les buissons alentours : rien ne bouge. A l'instant où il se décide à repartir, une odeur bizarre arrive jusqu'à lui. Tel un chien de chasse, il hume de tous les côtés sans parvenir à identifier cette senteur étrange. La pensée du troupeau sans berger le pousse à reprendre sa marche sans parvenir à oublier cette présence ni cette odeur qui semblent le suivre.

Le chemin serpente entre les mélèzes encore verts. L'automne n'a pas encore débuté sur le calendrier mais on sent qu'il est proche. La luminosité du ciel a changé : les brumes de chaleur ont disparu laissant place à une limpidité cristalline. Le soleil est sorti lentement au-dessus des montagnes qui dominent le chemin.

Aldo fait halte encore une fois ; cette sensation d'être suivi ne le lâche pas. Peut-être le souvenir du sang sur le visage figé de Richard est-il la cause de ce malaise ? Il s'encourage à mi-voix pour dissiper cette anxiété qui ne veut pas le quitter. Il vient de passer la "pierre de la demi-heure" mais la route lui paraît plus longue que d'habitude. Voici La Valle et le Suc avec sa petite chapelle, il est loin d'être arrivé : les brebis et la cabane de Richard sont dans le vallon de Sadour au-dessus de Vignols. Plus il approche du but, plus cette sensation oppressante s'accentue : ce n'est pas l'altitude, un peu plus de mille cinq cents mètres ce n'est pas la haute montagne ! Cette anxiété qui le gagne est peut-être dûe à ses craintes pour le troupeau : les loups sont de plus en plus nombreux dans le Parc du Mercantour et l'été a été particulièrement sec. Malgré les chiens de protection, malgré les parcs de contention pour la nuit, les meutes sont de plus en plus agressives et astucieuses.

Enfin, voici Vignols avec ses quelques granges aux toits très pointus et aux pignons recouverts de planches de mélèze. On appelait ce hameau le grenier à blé de Roubion car sa bonne exposition permettait d'y cultiver des céréales. Désormais, seul l'élevage de moutons y est pratiqué.

Aldo continue de monter et finit par s'engager dans le vallon.

Il aperçoit enfin la cabane d'estive et presse le pas. Son arrivée à proximité déclenche les aboiements des deux patous de protection du troupeau. Aldo s'arrête net en voyant la porte de la cabane s'ouvrir et deux individus bizarres sortir. Ils semblent jeunes malgré leur abondante barbe noire, sont vêtus d'un blouson de treillis et portent sur la tête un couvre-chef marron, sorte de calotte avec un bourrelet en bas.

Revenu de sa surprise, Aldo s'écrie :

— Qui êtes-vous ? Que faites-vous là ?

L'un des deux hommes répond dans une langue inconnue puis, précipitamment, ils rentrent dans la cabane et referment la porte. Pendant un court instant Aldo hésite à les suivre mais il se ravise et, sans plus se préoccuper des deux individus, se dirige vers le parc où sont enfermées les brebis.

Pendant ce temps, tout près de Roubion, le corps de Richard a été découvert. Le maire, prévenu, s'est immédiatement rendu sur les lieux non sans avoir au préalable informé la gendarmerie de Saint-Sauveur-de-Tinée. Mais il n'est pas seul sur place. Les nouvelles vont vite : peu à peu les villageois se sont attroupés. Respectant les consignes données par les gendarmes le Maire les maintient à bonne distance pour ne pas détruire d'éventuels indices.

Cela n'empêche pas les langues d'aller bon train et les yeux de scruter la « scène du crime ». Il n'a pas fallu longtemps à tous ces enquêteurs en herbe pour repérer la lampe de poche rouge dont la pile s'épuise à produire encore une lueur inutile. Tout le monde connaît le propriétaire de cette antiquité et de plus, le corps est au bout du chemin qui mène à sa cabane. Il n'en faut pas plus pour désigner le coupable. Pensez donc ! Un marginal venu d'ailleurs qui boit les quelques sous qu'il gagne ! Aucune voix ne s'élève pour défendre le pauvre Aldo. Certains en sont même à déterminer le mobile de ce crime. Chacun sait qu'il aurait voulu être berger : c'est donc par jalousie qu'il a tué...

Quand le 4x4 des gendarmes s'immobilise, tout le monde veut témoigner et donner sa version du crime même si tout le village dormait quand il a eu lieu.

On constate bien vite que la cabane d'Aldo est vide, ce qui vient confirmer les soupçons que toutes les personnes présentes ne manquent pas de formuler à nouveau. Le brouhaha s'accentue jusqu'à ce qu'une villageoise apporte une information qui ramène d'un seul coup le silence.

— Ce matin, très tôt, j'ai vu l'Italien traverser le village en direction de Vignols.

— Il est monté à la cabane. Il faut y aller.

Deux des gendarmes restent sur place pour prendre des photos et attendre l'ambulance qui emmènera le corps. Pendant ce temps, l'adjudant, le Maire et un gendarme adjoint remontent dans le 4x4 pour rejoindre Vignols.

Le trajet est rapide même si l'étroitesse de la piste nécessite une grande attention.

La voiture s'arrête au hameau et les trois hommes continuent à pied.

Quand ils atteignent la cabane, Aldo est occupé à faire sortir les brebis de leur enclos. La vue des gendarmes le fige sur place.

— Qu'est-ce que tu fais là ? Lui crie le Maire.

— Richard est mort et je suis venu m'occuper du troupeau. Je ne pouvais pas laisser les bêtes sans surveillance.

Comme les gendarmes s'approchent de la cabane, il ajoute :

— A l'intérieur, il y a deux types bizarres qui parlent une langue que je ne comprends pas...

Les deux militaires ouvrent doucement la porte et les deux individus sortent, jetant autour d'eux un regard apeuré et marmonnant des mots incompréhensibles.

— Des clandestins ! Murmure le Maire. Cela ne m'étonne pas de la part de Richard. Depuis qu'il est revenu de Paris, il ne parle que de Tiers-Monde, de migrants et de solidarité. Vu le bonnet qu'ils portent, ce doit être des Afghans. On dirait le commandant Massoud.

Les gendarmes sont du même avis sur la provenance des deux inconnus. Mais leur présence complique singulièrement la situation ! Il va falloir prévenir Nice pour mettre ces deux migrants en centre de rétention. Comment leur expliquer, ils ne parlent pas un mot de français.

— On va redescendre tout le monde, annonce l'adjudant.

— Et les bêtes ? On ne peut pas les laisser seules ; moi, je reste ici !

— Il n'en est pas question. Le crime a eu lieu devant chez vous. On vous retrouve à l'endroit où habitait le mort et vous voudriez rester là. Nous avons beaucoup d'explications à vous demander.

Mais Aldo ne veut rien entendre. Il ne peut pas laisser les brebis sans surveillance. Le ton monte car notre homme est têtu et ne fait aucun cas de ce qui lui est reproché. Cette assurance a, pendant quelques instants, déstabilisé le gendarme.

Ou bien cet homme est inconscient de la gravité de son acte, si c'est bien lui le coupable, ou bien il est réellement innocent, pense le militaire. Et il n'est pas loin de pencher pour la deuxième solution.

Mais il ne peut pas non plus laisser un coupable éventuel en liberté.

Un silence pesant s'est abattu sur le groupe. Les deux afghans regardent de tous côtés comme s'ils cherchaient quelque chose ou quelqu'un. Le jeune gendarme adjoint ne les quitte pas des yeux. Aldo ne s'intéresse qu'aux brebis qui se sont dispersées autour de la cabane et broutent paisiblement. Quant au Maire et à l'adjudant de gendarmerie, ils semblent perdus dans leurs pensées et incapables de prendre une décision : les afghans, les moutons, Aldo, cela fait beaucoup de problèmes à régler.

— On embarque tout le monde, finit par décider l'adjudant d'un ton sans appel.

— Impossible de faire autrement, ajoute le Maire qui se tourne vers Aldo et ajoute :

On va rentrer les brebis dans l'enclos et une fois en bas je trouverai quelqu'un pour venir s'en occuper.

— Pourquoi pas moi ? S'écrie Aldo.

— Tu n'as pas compris, bougre d'imbécile, que tu étais le principal suspect de la mort de Richard !

— Puisque je te dis que ce n'est pas moi ! Quand je suis sorti de chez moi, il était mort !

— Vous l'expliquerez aux enquêteurs mais en attendant, il faut descendre, ajoute le gendarme en ouvrant la portière du 4x4.

— Attendez ! Il faut d'abord qu'il vienne m'aider pour rentrer les bêtes, dit le Maire.

Aldo pousse un soupir désespéré et se résigne à son sort.

Pour les clandestins, c'est une autre affaire : quand ils comprennent qu'ils doivent monter dans la voiture, ils se mettent tous deux à parler tout en regardant avec insistance vers les fourrés près du sentier.

— Mais pourquoi regardent-ils par-là ? Ils doivent attendre Richard ; comment leur faire comprendre qu'il ne viendra pas ?

— Non, monsieur le Maire ce n'est pas le nommé Richard qu'ils attendent. Regardez !

Un homme vient de sortir des broussailles. Il est vêtu d'une tenue identique à celle des deux migrants. Il paraît plus âgé et tient deux gros sacs de supermarché qui semblent très lourds. Il avance lentement vers le groupe tout en mâchouillant la pipe qui fume doucement au coin de ses lèvres.

— Encore un ! Mais ils étaient combien là-dedans ? S'écrie le gendarme.

L'homme murmure quelques mots qui font réagir le jeune adjoint.

— Il parle anglais ! On va pouvoir s'expliquer.

— Demande lui combien ils sont et d'où ils viennent.

Dans un anglais un peu hésitant et très scolaire le jeune militaire répète les questions de son chef. Puis il traduit tant bien que mal les réponses.

— C'est le père de ces deux-là. Il a compris qu'on allait les emmener et il est sorti pour rester avec eux.

C'est alors qu'Aldo, qui en a fini avec le troupeau, s'approche du nouvel arrivant en reniflant très fort.

— Qu'est-ce que tu fais encore ? Tu veux imiter ton chien ?

— Non ! Mais c'est l'odeur que j'ai sentie en venant. Ce type m'a suivi pendant que je montais à la cabane. Il était en bas lui aussi !

— Demande lui d'où il vient et qu'est-ce-qu'il a dans ses sacs, précise l'adjudant.

La discussion est longue et difficile car l'anglais des deux hommes est très approximatif mais ils finissent par se comprendre.

— Il est descendu avec Richard pour chercher des provisions. Le berger en a profité pour leur acheter du tabac pour leur pipe. C'est de l'Amsterdamer, ajoute-t-il aprés avoir fouillé dans un des sacs. C'est cette odeur qu'il a du sentir, dit le jeune homme en désignant Aldo.

— Alors cet afghan sait que Richard est mort. Pourtant, il n'a rien dit en voyant notre suspect. Demande-lui si c'est lui qui a tiré, fait le gendarme en désignant Aldo du menton.

Nouvelle conversation : l'afghan dévisage Aldo avant de secouer la tête dans un signe qui, dans toutes les langues, signifie Non.

— Il dit que ce n'est pas cet individu qui a tiré. Par contre, il a bien assisté au meurtre.

— Alors, il a vu l'assassin ! s'écrie l'adjudant.

— Oui ! Il était caché mais il n'a rien perdu de ce qui s'est passé.

— On va descendre et il va tout nous raconter.

Mais l'homme continue à parler. Le jeune gendarme l'écoute attentivement avant de se tourner vers son chef :

— Ils remontaient avec leurs provisions et se dirigeaient vers le village quand ils ont aperçu une silhouette. Richard lui a dit de ne pas se faire voir et s'est avancé seul vers un homme. Ils ont commencé à parler puis le ton a monté et le type a tiré sur Richard avant de s'éloigner et de redescendre vers la route qui va à Saint-Sauveur.

— Et après ? Il est allé où, celui qui a tiré ?

— Il n'en sait rien ; il est resté caché ne sachant que faire. Il ne savait pas comment remonter à la cabane. Puis il a vu Aldo sortir de chez lui, s'arrêter auprès du mort puis monter vers le village. Il s'est dit qu'il avait l'air de connaître Richard et a décidé de le suivre de loin.

— Est-ce qu'il peut décrire le tireur ?

— Oui ! Il m'a dit qu'il n'était pas très grand, trapu ; il a vu son crâne chauve luire sous la lune et sur ses avants bras puissants il a aperçu des dessins, des tatouages, je suppose.

— Avec cette description et s'il est redescendu sur la route de Saint-Sauveur en dessous du village, ça doit être le Boche, s'écrie le Maire.

— Allons bon ! Un allemand maintenant ! Il sort d'où celui là ?

— Descendons au village, mon adjudant. Je vais tout vous expliquer dans la voiture. A sept, vous pensez qu'on va rentrer ?...

— Montez devant avec moi monsieur le Maire. Ils vont se serrer derrière et dans le coffre.

Les brebis sont dans l'enclos et Aldo accepte de venir car le Maire lui promet que, dès qu'il sera disculpé, c'est lui qui montera pour s'en occuper… à condition de ne pas boire.

Les trois afghans et le gendarme adjoint se tassent sur la banquette arrière tandis qu'Aldo grimpe dans le coffre avec Pipo. La voiture est lourdement chargée et l'adjudant démarre en prenant mille précautions.

— Je vais conduire doucement. Expliquez-moi donc qui est cet allemand monsieur le Maire.

— Il n'est pas plus allemand que vous et moi, mon adjudant. C'est un vieux du village qui l'a appelé ainsi et depuis tout le monde semble avoir oublié qu'il s'appelle Sauveur.

— Sauveur ! Il porte bien mal son nom si c'est bien lui qui a tiré ! Et il vient d'où ce Sauveur ?

— Il est originaire du village. Ses parents sont morts dans un accident de voiture quand il était bébé et ce sont ses grands-parents qui l'ont élevé. Ils habitaient à La Vignasse en dessous du village. Quand Sauveur a eu dix-huit ans, il est parti et on n'a plus jamais eu de ses nouvelles. Les deux vieux en sont morts de chagrin. Et puis, il y a quelques mois on a vu arriver cet individu tatoué, au crâne rasé toujours vêtu d'un treillis.

Malgré son allure étrange, on a reconnu Sauveur. Il s'est installé dans la maison de ses grands-parents. Quand on passait devant chez lui on entendait des chants qui ressemblaient à ceux des allemands pendant la guerre. C'est pour ça qu'on l'a surnommé le boche. Je crois qu'il a eu de mauvaises fréquentations quand il est parti.

— Il est devenu néo-nazi ! Mais cela n'explique pas pourquoi il aurait tiré sur Richard.

— Surtout qu'ils étaient des frères...

— Vous n'avez pas fini de me surprendre ! Ils sont frères ?

— Non, pas vraiment mais quand ils étaient enfants, on ne voyait jamais l'un sans l'autre. Ils racontaient partout qu'ils avaient fait comme les indiens dans les westerns : un pacte de sang.

Il reste un long moment sans parler puis ajoute :

— D'après ce qu'a dit le vieil afghan, ils ont longuement parlé puis se sont disputés avant le coup de feu. La vie a fait qu'ils se sont retrouvés avec des idées opposées : Richard voulait aider les réfugiés tandis que Sauveur voulait les expulser. Cela pourrait expliquer le drame.

Et le silence se fait dans la voiture entrecoupé par le bruit du moteur et celui des cailloux éjectés par les cahots du chemin.

Au bout d'un moment le maire reprend avec un soupir :

— Toutes ces idéologies nauséabondes ont fini par atteindre notre village tranquille. Beaucoup d'immigrés arrivent d'Italie par le col de la Lombarde et le plateau de Longon : cela crée le rejet de certains et la solidarité des autres. Il n'y a pas longtemps un agriculteur dans la vallée de la Roya est passé au tribunal pour avoir aidé des clandestins. Ces histoires de migrants ont déchaîné les passions à l'extrème gauche comme à l'extrème droite. Tous les extrémismes sont néfastes. Aujourd'hui cela a réussi à séparer pour toujours deux presque frères.

Et cette fois le sang versé ne cicatrisera pas...

33

Martine.

2042

Il pleuvait sur la ville depuis maintenant cinq jours. Le noir avait d'abord gagné le ciel, puis l'horizon s'était bouché ; un rideau était tombé, vertical. Dans un vacarme de ruissellement, l'eau avait tout envahi, tout recouvert comme si elle prenait sa revanche sur la Création. Plus rien n'existait : l'eau et le ciel se faisaient face.

Derrière sa fenêtre, sur la colline dominant la vallée, Luis regardait s'écouler les rigoles boueuses qui emportaient le maigre sol que des mois de sécheresse avaient fragilisé. Il songeait à ces inondations qui faisaient régulièrement la une de l'actualité, à ces incendies et à ces longues périodes sans pluies.

Il avait obtenu son diplôme d'ingénieur en deux-mille-douze. Que de changements en trente ans ! ...

Cette eau bienfaitrice, ou dévastatrice, faisait depuis longtemps l'objet de toutes les convoitises. Les spéculateurs de tout poil l'avaient transformée en un produit côté en bourse. Les investisseurs internationaux, nouveaux nababs de l'eau, avaient pris le marché en main. Depuis les années trente, on achetait de l'eau et on la revendait à prix d'or ! Cette ressource tellement vitale avait causé tant de guerres, tant de déplacements de population, de famines, d'épidémies...

Il pensa à la COP 31 qui avait été la dernière grande réunion toujours aussi inutile ; elle s'était déroulée à San José, au Costa Rica. Dans le même temps, une tempête tropicale d'une ampleur jamais atteinte avait pris naissance dans le golfe du Mexique : elle était remontée en une parabole tourbillonnante vers l'Amérique du Nord et avait tout ravagé sur son passage. Peu à peu les pays s'étaient repliés sur eux-mêmes et des gouvernements autoritaires avaient pris le pouvoir. Il ne se passait pas un mois sans qu'apparaisse une nouvelle restriction. Depuis longtemps on avait interdit les véhicules diesel puis tous ceux à moteur thermique avant de se rendre compte que l'électrique ne résolvait rien, pas plus que l'hydrogène.

Aujourd'hui, en 2042, il n'était plus autorisé d'avoir un véhicule personnel et tout déplacement privé devait faire l'objet d'une autorisation dûment visée par le Bureau National de Mobilité.

Les prix de l'électricité étaient devenus prohibitifs. Bon gré mal gré, il avait fallu se rationner. Même la télévision était devenue un luxe. Les livres étaient revenus à la mode, surtout les livres anciens que l'on s'échangeait dans des réunions de quartier.

On pouvait s'adapter à tout sauf à la pénurie d'eau. Tous les usages récréatifs ou secondaires avaient été bannis. Les cultures les moins aquavores avaient été privilégiées : l'agriculture "sobre" était de rigueur.

A 55 ans, Luis remuait ses souvenirs d'enfance : le siècle qui l'avait vu naître relevait de la préhistoire. Effectué quelques années auparavant, le séquençage de son génome lui permettait de connaître, avec des probabilités très sûres, son avenir médical. Et Luis avait la chance d'être particulièrement bien pourvu par la loterie génétique. Ainsi était-il assuré de connaître le vingt-deuxième siècle : l'humanité allait-elle poursuivre cette course effrénée à toujours plus de technologie, elle qui, peu à peu, aliénait son essence même ? ...

Le crépitement de l'eau sur les vitres de la véranda le ramena à ce présent diluvien et sa pensée se polarisa sur sa dernière réalisation. Enfin, il allait pouvoir la tester ! Ce lac artificiel souterrain pour lequel il avait tant investi en imagination et en nuits blanches et qui demeurait désespérément vide... Les responsables qui s'étaient laissé convaincre commençaient à lui reprocher cet argent dépensé en vain.

L'idée lui était venue lors d'un congrès sur l'eau au Cap Vert, l'un des pays les plus arides de la planète. Il avait été séduit par l'ingéniosité des insulaires à constituer des réserves d'eau dans les entrailles de leurs îles, grâce à des galeries et des systèmes sophistiqués de récupération des rares eaux de pluie.

Son projet avait beaucoup mobilisé : politiques, chercheurs, techniciens, financiers... En contrepartie, il devait assurer l'approvisionnement en eau potable de la ville durant la saison sèche. Malgré nombre d'algorithmes qui régentaient les multiples paramètres de la réserve d'eau, les modalités de distribution restaient très artisanales et confiées à un Tribunal Permanent des Eaux.

Luis attendait une accalmie.

Par moments des bruits sourds, lointains, accompagnaient les rafales de vent. Il s'éloigna de la fenêtre et s'aperçut que l'écran mural de communications locales clignotait : son ami Jean cherchait à le joindre. Tandis qu'il appuyait sur la commande, une voix synthétique et nasillarde annonça :

— Les communications privées sont suspendues...Il est interdit de sortir de vos habitations...Les ordres et modalités d'évacuation vous seront donnés en temps utile...

Luis étouffa un juron. Il ne supportait plus cette prise en main de sa vie par des Autorités soi-disant omniscientes. Quelques instants plus tard, la voix reprit :

— L'International Climate Board annonce la diminution des précipitations pour dix-sept heures dix-sept, mais vous n'êtes pas autorisés à quitter vos domiciles.

Une clarté soudaine éclaira la pièce : le rideau de pluie était moins épais, les nuages noirs s'éloignaient. Luis enfila son imperméable, ouvrit la porte et se dirigea vers le domicile de son ami, levant les yeux par intervalles sur les caméras de surveillance. Il savait bien que son escapade serait repérée et qu'il aurait à en répondre. Mais qu'importe.

Arrivé au domicile de Jean, il s'approcha du système de reconnaissance faciale, entendit son nom prononcé par la centrale domotique et la porte s'ouvrit. Manifestement Jean l'attendait.

Personne dans les rues. Ils pressèrent le pas pour atteindre la station qui abritait le dispositif de contrôle du remplissage de la retenue.

Luis se réjouissait de montrer à son ami, pessimiste résigné et catastrophiste invétéré, que le génie humain était capable de surmonter les aléas de la nature quels qu'ils fussent.

Tandis qu'ils arrivaient à destination, un chuintement assourdissant se fit entendre : une énorme vague de boue et de roches se dirigeait sur eux.

Réfugiés in extremis sur un promontoire, les deux compères fixaient abasourdis, hébétés, ce magma qui emportait tout sur son passage...

Le silence qui suivit les plongea dans une atmosphère d'apocalypse.

Loys.

Les copropriétaires

— Qu'est-ce que tu fais dans mon jardin ?

La voix acide de la renarde fait sursauter le marcassin très occupé à se goinfrer de glands.

— Ton jardin ! Mais il est à moi che jardin, marmonne-t-il, la gueule pleine.

— Pas du tout, claironne la pie du haut de son grand pin, j'en suis la propriétaire.

A cet instant, la voix puissante de Maï, le gros chien blanc domine le tumulte qui est en train de s'installer.

— Bande d'ignorants ! Vous êtes dans Mon domaine. J'en connais tous les chemins, toutes les restanques et toutes les fleurs. Je le parcours sans me lasser pour vérifier si tout va bien.

Le brouhaha devient indescriptible. C'est à celui qui criera le plus fort.

Tous les animaux du jardin accourent et réclament l'usage exclusif du lieu où ils résident.

Seul Jacko, le perroquet gris, perché sur la clôture, ne dit rien. Il est bien trop occupé à décortiquer avec soin un paquet de graines de courges dont il va se régaler. Que peut-il demander de plus : il est logé et nourri. Ce jardin n'a aucun intérêt : sa forêt natale était bien plus attrayante que ce coin de Provence mais il fallait y lutter pour trouver sa pitance alors qu'ici, il lui suffit d'attendre qu'on lui porte son repas... Jacko regarde avec dédain les animaux qui s'époumonent et se veulent tous maîtres du lieu.

— Il faut savoir à qui appartient cet endroit.

La proposition de la pie ramène un peu de silence. On se rassemble sous le grand chêne.

— Comment allons-nous décider, hurle la renarde qui ne sait

parler qu'en criant.

— Chacun de nous, propose la pie, doit dire ce qu'il apporte de bon à ce lieu. Nous voterons et désignerons celui que nous jugeons le plus utile : ce sera lui le propriétaire. Vous êtes d'accord ?

Un murmure approbateur parcourt l'assemblée.

Bien entendu, c'est la renarde qui prend la parole en premier.

— Ma famille habite ici depuis plusieurs générations. C'est largement suffisant pour affirmer que je suis ici chez moi !

— Che n'est pas une raison, grogne le marcassin, les joues gonflées par tous les glands qu'il vient d'ingurgiter. Tu n'as aucune utilité. Moi, par contre, che retourne la terre : ch'est une activité bénéfique.

— Tu retournes la terre ! Tu veux dire que tu la saccages, riposte le lombric. Aucune plante ne résiste à tes coups de boutoir. Moi, je suis utile. Doucement, patiemment, j'aère le sol en faisant des galeries.

— Mais non ! S'écrie la pie. La vraie utilité c'est de planter. Je mange des fruits et je sème les graines un peu partout. Et surtout, je domine tout. Je suis toujours posée sur l'arbre le plus haut et je peux tout voir.

— Et moi, tu ne crois pas que ze suis indispenzable, susurre Pic le moustique. Et z'en ai la preuve. Partout où ze vais, les zens m'applaudissent...

— Tu dis vraiment n'importe quoi, lui répond Maï. En fait, tu déranges tout le monde le jour et la nuit. Tandis que moi je garde, je surveille, je chasse les intrus et je vous préviens des dangers.

Et tout le monde se remet à parler en même temps ; le bruit s'amplifie ; plus personne n'écoute. Chacun s'estime indispensable tandis que Jacko, immobile sur son perchoir jette sur l'assemblée en ébullition un regard à la fois désabusé et excédé.

C'est alors qu'un coup de tonnerre se fait entendre et qu'un éclair bizarre zèbre le ciel bleu.

Assis sur un nuage, un homme imposant apparaît. Vêtu d'une

longue robe blanche, il est sûrement d'un âge avancé. Il lance à l'assistance un regard courroucé. Détail curieux : les cheveux blancs et la barbe de ce vénérable personnage sont tout emmêlés comme s'il venait de se lever. A son pied gauche il porte une charentaise à carreaux rouges et verts mais son pied droit est nu.

— Qui ose me déranger pendant ma sieste ? Vous faites un tel vacarme que vous m'avez réveillé. Je déteste ce genre de réveil. Je vais être de mauvais poil pendant au moins un siècle, ajoute-t-il en se grattant la barbe. Qu'est ce qui se passe de si important qui justifie ce remue-ménage ?

Aussitôt, le vacarme reprend.

— Arrêtez ! Je ne comprends rien à ce que vous dites ! Une seule personne pour m'expliquer !

Toi, la pie, dis-moi la raison de tous ces cris.

— Nous voulons savoir qui est le plus utile dans ce jardin pour le désigner comme propriétaire du lieu.

Le vieillard, furieux, se dresse sur son nuage.

— Personne ! Non Personne n'est propriétaire de la Nature !... Pas même moi. Vous êtes bien présomptueux de vouloir posséder cet endroit.

Il jette un regard autour de lui et ajoute :

— C'est vrai que c'est un paradis ici ! Si je n'étais pas sur mon nuage, je m'y installerais bien.

Quel orgueil de votre part d'en réclamer la propriété !

Vous méritez tous une bonne punition. A partir d'aujourd'hui chacun d'entre vous s'exprimera à sa façon mais il ne parlera plus. Toi la renarde, tu glapiras et ton cri aigu emplira la nuit, rappelant ta voix. Toi le sanglier, qui passe ton temps à te goinfrer, tu grogneras. Toi la pie, qui veut dominer la situation, ton cri s'entendra de loin mais il ne sera pas mélodieux. Quant à toi le ver de terre, comme tu passes ton temps dans le sol tu n'as pas besoin de faire du bruit .

Aie ! Qui ose s'attaquer à mon auguste personne ? Tu ne

manques pas d'audace espèce de moustique !

— Excusez-moi mais z'ai très faim !

— Ce n'est pas une raison... Toi aussi tu cesseras de parler mais ton petit cheveu sur la langue se transformera en un petit bruit agaçant qui préviendra de ta présence.

Ah ! J'oubliais ! Toi le chien, tu continueras à garder comme tu l'as toujours fait. Tu avertiras du danger par ton aboiement puissant mais tu ne parleras plus qu'avec les yeux et seul ton maître te comprendra.

A cet instant un léger bruit se fait entendre : c'est Jacko qui vient de laisser tomber une graine au pied du noble vieillard.

— Je ne t'avais pas vu ! Tu es le seul à ne pas avoir parlé. Je te laisse donc la parole mais je ne veux pas que tu sois privilégié par rapport aux autres animaux. Tu pourras parler, certes, mais uniquement pour répéter ce que tu entendras.

Et le nuage s'élève doucement dans le ciel tandis qu'il ajoute d'une voix tonitruante :

— N'oubliez pas, vous tous : la Nature n'appartient à personne mais chacun d'entre vous, du ver de terre jusqu'à l'homme doit agir pour elle.

N'oubliez jamais cela, sinon... il pourrait vous en cuire...

Martine.

Elle portera son nom...

Pourquoi avait-il accepté ?

Tout en maintenant solidement la corde d'assurance, Jacques ne cessait de se maudire intérieurement. Ce n'était pourtant pas la première fois que son ami l'entraînait dans une aventure hasardeuse. Le scénario était toujours le même : Pietro lui annonçait qu'il venait d'avoir une idée géniale et lui exposait son dessein ne faisant ressortir que le but de l'aventure sans en préciser les moyens. Et, chaque fois, il se laissait embarquer. Il faut dire que Pietro n'avait pas son pareil pour lui faire miroiter tous les bienfaits qu'ils allaient retirer de leur expédition. Jacques avait beau lui opposer les risques et les difficultés qu'ils allaient devoir affronter, son ami finissait toujours par le convaincre de l'accompagner.

Malgré des aventures souvent risquées, ils avaient réussi à surmonter les dangers annoncés et s'en étaient toujours sortis sains et saufs. Peut-être la Providence veillait-elle sur ce duo mal assorti : le "Sage" et le "Casse-cou".

Certains pratiquent la montagne pour mesurer leurs propres forces, d'autres pour la gloire, d'autres pour le plaisir de la conquête. D'autres encore, pour profiter des beautés de la nature...

Né au pied de cette gigantesque cascade de glace des Bossons semblant tomber du ciel, Jacques était de ceux-là.

Il aimait passionnément cette montagne, toile de fond de sa vie. Il voyait en elle un lieu privilégié de sérénité et de plénitude. Dans la pratique, il aimait la sensualité de la roche caressée, le sentiment de sécurité procuré par le geste de planter les crampons dans la glace, la musique produite par le piton qui "chante" quand on l'enfonce à coups de marteau dans une fissure. Il aimait l'immense et angoissante joie de se sentir seul dans le silence infini de la montagne. Il connaissait la terreur que provoquent des centaines de mètres de "gaz" sous des pas incertains. Il avait appris à lire le langage de la nature quand elle s'apprête à déchaîner ses forces.

Ainsi, il savait respecter cette montagne, la craindre, mais, par-dessus tout, l'aimer dans un tourbillon de sentiments plus confus que le chaos originel...

Pietro n'avait une vision que purement sportive de la montagne ; il avait un goût immodéré pour la compétition. Ce qui comptait dans son esprit : la performance ; l'image que l'on va donner aux autres de soi-même en s'affranchissant de toutes les contraintes pourvu que la notoriété soit au rendez-vous...

Il était habité d'une hargne aiguisée par un désir de vengeance et de revanche. Depuis des jours il ruminait sa déception et sa colère d'avoir été refusé à la prestigieuse Compagnie de Guides de Chamonix. Il avait son regard noir et gardait obstinément le silence.

Hier soir, il avait appelé Jacques pour lui annoncer qu'ils allaient ouvrir une nouvelle voie dans les Drus, sur la face ouest.

— La voie Bonatti a disparu : maintenant il y aura la voie Pietro Scala ! Tous les jours, ils en entendront parler à la Compagnie !

— Pourquoi pas... si tu veux, on pourra essayer ce printemps ?

— On démarre demain ! Je ne veux pas me laisser piquer cette première, je ne suis pas le seul à vouloir ouvrir une nouvelle voie.

— Pour une fois, sois raisonnable. Une telle aventure doit se préparer avec soin et en fonction de la météo !

Une fois de plus la discussion avait tourné court et, une fois de plus, Jacques avait cédé. Le "Sage" était-il si raisonnable ?

Ils avaient avancé depuis le milieu de la nuit vers cette paroi claire qui balafrait le petit Dru d'une cicatrice encore fraîche.

Au pied de cette face les tonnes de rocher, vestiges de l'effondrement de 2005, rendaient encore plus menaçant le paysage de ces aiguilles qui font fantasmer tous les alpinistes depuis des années. Elles portent tellement bien leur nom : elles s'élancent toutes droites comme un pilier qui soutiendrait le ciel...

Les premières longueurs de corde s'étaient avérées faciles mais, décidément, Jacques ne la sentait pas cette paroi... Chaque prise lui paraissait peu fiable : les rochers n'étaient pas stabilisés et avaient l'air de vouloir s'effriter au premier piton planté. Il leva les yeux et les quelques sept cents mètres de la monstrueuse paroi le narguèrent ; à l'autre bout de la corde, Pietro hésitait et cherchait où arrimer sa main droite.

— Du mou ! lui cria-t-il.

Jacques relâcha un peu la corde tout en observant le ciel. Derrière lui des nuages gris commençaient à bourgeonner. Ils étaient encore loin mais cela ne lui disait rien qui vaille.

Pietro avait fini par trouver une bonne prise et lui avait fait signe de monter à son tour.

Une autre longueur de corde : la paroi au-dessus d'eux ne semblait pas diminuer tandis que les nuages étaient en train de s'amonceler noirs et menaçants. Bivouaquer dans cette ascension avec cet orage qui se préparait était vraiment une folie. Les pitons accrochés aux sacs faisaient de terribles paratonnerres : jacques se disait que le mot est vraiment mal choisi : un paratonnerre, ça ne protège pas, ça attire la foudre...

— Tu as vu les nuages ? Il vaudrait peut-être mieux renoncer et attendre une meilleure météo.

— Il n'en est pas question. D'ailleurs, je suis sûr que cet orage n'est pas pour nous, il va s'éloigner vers la plaine.

— J'ai quand même l'impression qu'il vient droit vers ici.

— Tu as toujours été pessimiste. Allez ! envoie du mou ! J'ai de bonnes prises, on va progresser plus vite.

Il n'avait pas fini sa phrase qu'une grêle de petits rochers se détacha au-dessus d'eux et les frôla dans un crépitement sec. Jacques rentra la tête dans les épaules comme si cette attitude pouvait le protéger réellement d'un choc. Encore une fois la Providence les accompagna et les rochers achevèrent leur descente avec tous ceux qui avaient déjà chu de cette paroi qui n'en finissait pas de se déliter.

— A ce rythme-là, il ne restera bientôt plus rien des Drus. Alors, à quoi bon ouvrir une nouvelle voie. Sisyphe remontait indéfiniment son rocher, celui-là n'en finit pas de tomber.

La journée avançait et leur montée se fit plus difficile. Il allait bientôt falloir installer le bivouac pour essayer de dormir suspendu à cette muraille qui les menaçait tout autant que ces nuages qui, en dépit des prédictions de Pietro, se dirigeaient bel et bien vers eux.

En 1955, Walter Bonatti avait bivouaqué six jours lors de sa conquête en solitaire de cette face ouest. Même s'ils étaient deux, même si le matériel s'était amélioré depuis cette extraordinaire escalade, les dangers étaient les mêmes, les chutes de pierres encore plus fréquentes et les orages...

A l'autre bout de la corde, Pietro s'impatienta :

— Qu'est-ce que tu attends pour monter ? Si tu rêves, ce n'est pas le moment. J'ai repéré une petite vire où on va pouvoir s'arrêter mais elle est encore loin et il faut l'atteindre avant la nuit.

— Moi, ce que j'ai repéré ce sont les nuages qui continuent d'approcher. Il est encore temps de redescendre. Si l'orage se déchaîne nous faisons une cible parfaite pour la foudre avec toute la quincaillerie qu'on transporte.

— Arrête de râler et monte ! Tu deviens lourd au propre et au figuré, s'emporta le premier de cordée.

Jacques soupira : il n'arrivera pas à le faire changer d'avis. Il devait bien se l'avouer, il s'était laissé prendre dans une aventure qui risquait cette fois de leur coûter cher. Il gardait en mémoire les dictons des vieux guides, fruits d'une observation millénaire du ciel : « Quand les nuages vont contre Aoste, rentre chez toi ! »

Ils étaient au premier tiers de cette muraille, et l'orage arrivait sur eux. Pietro balança une bordée de jurons parce qu'il jugeait la progression de son compagnon trop lente. Ce n'était pas le moment de désunir la cordée. Bon gré, mal gré il fallait avancer en espérant on ne savait quel miracle.

— Si on s'en sort, se dit Jacques, je jure de ne plus le suivre aveuglément... enfin, j'espère.

Il rejoignit son compagnon et ouvrit la bouche pour tenter, une fois de plus, de le convaincre de renoncer. Mais Pietro le stoppa net :

— Inutile de parler, on ne redescendra pas avant d'avoir ouvert une nouvelle voie ! Assure-moi et continuons !

Sans plus attendre, il chercha une prise et reprit l'ascension. Tandis que Jacques bloquait la corde d'assurance, un léger grésillement dans son dos attira son attention. Il tendit l'oreille mais le bruit avait cessé. Il jeta un coup d'œil furtif aux nuages sombres qui s'accrochaient sur les sommets. Il guetta une lueur de mauvais augure mais tout semblait figé. Pendant ce temps Pietro avançait lentement car les bonnes prises étaient rares tout comme les fissures aptes à accepter des pitons fiables.

Le grésillement dans son dos avait repris ; il n'y avait plus de doute : il entendait les abeilles... L'électricité statique apportée par l'orage interagissait avec le matériel d'escalade accroché à son sac. Il savait bien que, dans ce cas, la seule façon de se protéger de la foudre était de s'éloigner le plus possible de tout ce matériel métallique.

Comme la gueule de l'enfer qui s'annonçait, les épais cumulo-nimbus avait avalé le paysage environnant et ne laissaient filtrer qu'une lueur blafarde. La paroi luisait, chaque fissure suintait de menace. Le bourdonnement obsédant des insectes invisibles emplissait l'espace.

Une fois de plus, Jacques leva la tête : ce lien de nylon qui les réunissait, représentait beaucoup plus qu'un simple procédé d'assurance réciproque. Il concrétisait un pacte de fraternité face au risque « tragiquement ignoré par Pietro » l'union de deux volontés, de deux amitiés tendues vers le même but, pour le meilleur et parfois pour le pire...

Au-dessus de lui, comme une araignée dérisoire, Pietro agitait la main à la recherche de cette prise qui devait les mener à la gloire ou ad patres.

Et alors l'orage éclata...

Loys.

Naître ou ne pas être...
ou
Un pyrénéen en Provence

Il était né dans les Pyrénées, dans un village près de Luchon. Sa famille avait toujours vécu là. Ses parents ne s'évadaient que par la lecture, en particulier celle de Giono. C'est pourquoi on l'avait baptisé Janet.

Ah ! Ce prénom ! Il lui en avait attiré des ricanements et des moqueries... Mais il lui avait aussi donné envie de savoir pourquoi on le lui avait donné. Il avait donc découvert la Provence : celle des livres de Daudet et de Giono. Puis celle des films de Pagnol. Il les avait tous lus et relus, tous vus et revus.

Les années avaient passé ; il avait dû quitter ses Pyrénées pour travailler à Paris. Là, il avait découvert une autre image de la Provence, faite de clichés et d'histoires marseillaises ... Pour ceux du Nord, cette région représentait les vacances, la mer et le soleil, tandis que le provençal n'était qu'un adepte du farniente, de la pétanque et du pastis.

Cette image était si loin de celle de ses lectures qu'il avait voulu aller voir de plus près. Il avait voulu y vivre car en vacances, on reste trop dans l'écume de la réalité. Il s'était donc installé sur les collines au-dessus de la mer dans une propriété restée longtemps en friche.

Cela faisait près de vingt ans qu'il habitait là. Il avait peu à peu apprivoisé cette terre aride, libéré les oliviers centenaires de la végétation qui les étouffait, dégagé les restanques. Il avait trouvé dans ce lieu ce qu'il aimait par-dessus tout : le soleil et le ciel bleu, « entièrement bleu ; un bleu triomphal, sans rival, qui tartine l'azur à l'infini et agit sur les yeux comme un collyre de plaisir... »

Il avait découvert le Mistral qui fait la toilette du ciel mais fait aussi chuter la température ; et il avait compris pourquoi ses voisins étaient si chaudement vêtus quand ce vent du Nord commençait sa colère de trois, six ou neuf jours d'affilée selon les anciens.

Il avait découvert ces végétaux d'un genre nouveau : ici pas de ronces, mais de la salsepareille qui envahit les murs dès qu'on la laisse libre. Il avait lutté contre le chêne kermès qui recouvrait le sol d'un tapis dense et piquant et qu'il fallait couper, couper sans cesse si on ne voulait pas le voir tout envahir. Il avait constaté avec étonnement qu'ici, les végétaux pouvaient brûler même verts et avait compris la crainte viscérale du feu que connaissaient tous ses voisins.

Mais surtout, il avait rencontré les gens.

Lui, le pyrénéen réservé, peu loquace, avait découvert le plaisir de la parole. La passion du verbe des habitants l'émerveillait. Il ne comptait plus le nombre de fois où un passant s'était arrêté pour lui proposer de lui traduire la citation en provençal sur la fontaine qu'il admirait, ou ces inconnus prêts à remuer ciel et terre pour lui donner ce renseignement qu'il leur avait demandé. Il aimait leur goût pour les expressions imagées : « Il m'embrasse mais il n'y a pas l'amitié... »

Bien des clichés sur les provençaux avaient péri dans ces rencontres au fil des ans.

La vie en Provence aujoud'hui était moins difficile que celle de Panturle, mais elle n'était pas non plus uniquement consacrée au jeu de boules sous les micocouliers, au pastis ou aux galéjades...

Son plus proche voisin, Christian, était murailleur de son état. C'est à dire qu'il construisait ou réparait ces murs en pierres sèches qui courent à travers les collines. Pendant des siècles, les hommes les avaient montés en regroupant les pierres qui poussaient mieux que les céréales... Ils avaient, patiemment, apporté de la terre pour créer des terrasses et y faire pousser des légumes "sobres" comme les pois chiches ou les lentilles; y planter des figuiers, des arbousiers, des amandiers...

Mais d'abord, pour y cultiver des oliviers au feuillage vert argent, dont Renoir ne cessait de s'émerveiller : « Ça brille comme du diamant... et le bleu du ciel qui joue à travers, c'est à vous rendre fou... » Arbres de symbole et de légendes dont le tronc tordu raconte l'histoire de la méditerranée.

Et puis ils avaient agrémenté ces murs de ces merveilleux arbustes, les câpriers, aux fleurs incomparables : bouquets d'étamines roses s'éparpillant d'une corolle de nacre.

Janet n'avait pas oublié les montagnes de son enfance mais, depuis la disparition de ses parents, il y faisait des séjours de plus en plus courts et avait hâte de retrouver les senteurs de garrigue et l'immensité de la mer comme horizon. Quand il partait, très vite il éprouvait l'urgence de revenir...

Serait-il devenu provençal ?

Il n'osait l'imaginer, fasciné qu'il était par ce pays singulier baigné par cette Mare nostrum, berceau de civilisations qu'on a scrupule à énumérer tant elles sont connues : L'Égypte, la Grèce, Rome, Byzance...

Et que signifiait "être provençal" ? Ce pays qui, depuis des millénaires, ne cessait d'échanger et de transmettre, de donner et de recevoir, qui avait vu tant de vagues invasives ou migratoires : avait-il encore une réalité ou, comme beaucoup de régions, était-il en train de se dissoudre dans la mondialisation ?

Qu'étaient devenues toutes ces strates successives de Phéniciens, Romains, Italiens et tant d'autres? L'étranger d'aujourd'hui était-il "soluble" dans l'identité provençale ou devait-on avoir ses "quartiers de noblesse" pour en revendiquer l'appartenance ?

Ce problème prenait soudain une telle intensité qu'il fallait qu'il en parle à Christian.

Ils avaient aménagé, à la limite de leurs propriétés, un banc rustique bien abrité sous un gros chêne vert. Un demi-tronc de pin lessivé par les pluies printanières, posé sur deux rondins et traité pour résister aux parasites : lieu idéal pour de longues discussions quand le soleil était trop brûlant. Il avait entendu la débroussailleuse et savait donc que son voisin était dans son jardin.

La machine s'était tue. Il appela :

— Christian ! Tu es là ?

— Eh ! Janet ! Ça fait longtemps que je ne t'ai vu ! Tu as fini avec tes oliviers ?

— J'ai taillé ceux du haut, il me reste tous les autres. Si tu as fini de débroussailler, viens me voir, je voudrais te parler de quelque chose qui me tracasse.

Christian était toujours prêt pour quelques instants de conversation. Il ouvrit le petit portail entre leurs jardins et vint le rejoindre sur leur banc.

Les yeux fixés sur l'horizon, là ou le bleu du ciel rejoint celui de la mer, Janet demanda :

— Cela fait près de vingt ans que je suis ton voisin. Je suis toujours un immigré, ou je suis devenu provençal ? Qu'est ce que tu en penses ?

— Être provençal ! C'est une question que je me suis souvent posée. Certains le sont plus que d'autres : Mistral, Giono, Cézanne, Daudet, Pagnol, ... Est ce qu'il suffit de naître ici ? Je n'en suis pas sûr. J'ai vu tellement de gens, nés sur cette terre qui se contentaient de jouer avec les traditions. Il ne suffit pas de faire le cacho-fio ou de consommer la pompe à l'huile pour s'affirmer provençal. C'est la terre qui fait l'homme : de cette terre il puise son caractère. Un Arlaten est différent d'un Nyonsais ou d'un Hyérois. Cette terre de Provence est tellement diverse ! Ici, elle est pauvre et caillouteuse alors que, plus bas, les plaines fertiles ont porté tant de blé ...

Finalement, à quoi bon se poser la question ?

Je pense souvent à ce que dit notre ami, Daniel, immigré espagnol.

— Tu veux dire Daniel Herrero ?

— Bien sûr. Pour lui, et j'en conviens, « ce pays n'est ni une nation, ni une patrie : c'est une idée. L'idée d'un espace sans frontière qui parle au coeur plus qu'à la raison, plus vaste qu'un hémisphère, plus bigarré qu'une Tour de Babel... »

Et toi, mon Janet, tu es venu ici et tu as mis tes pas dans ceux de tes prédécesseurs. Ils sont certainement fiers de toi et disposés à te reconnaître. Tu sais, je t'ai observé quand tu t'es installé. Je t'ai vu découvrir cet environnement si différent du tien. J'ai souri en te voyant semer du gazon. Du gazon !... Parisien, vaï !... J'ai pesté en te voyant dépenser notre eau pour arroser sans cesse tes malheureux brins d'herbe. Notre eau est si précieuse que, pour la vénérer, chaque village lui construit un écrin sous forme de fontaine.

Heureusement, je t'ai vu te résigner quand tu as constaté que notre colline était capable de reverdir à la moindre pluie, même en automne.

Tu as découvert les oliviers, tu les as longuement observés avant de les tailler en les respectant et ils t'ont bien récompensé.

Et puis, tu as restauré tes restanques centenaires. Tu as appris à les remonter en leur donnant le fruit nécessaire. Tu as manipulé tant de pierres que tes mains en gardent les stigmates. Tu as redonné vie à ce vallon resté à l'abandon.

Tu es des nôtres va !... Ton coeur est devenu provençal et ton prénom te prédestinait à venir nous rejoindre. Et tu as eu raison : quand le bon Dieu en vient à douter du monde il se rappelle qu'il a créé la Provence ...

Mais... Comment te dire? ...

— Oui? ...

— Eh bien, il y aura toujours un petit détail qui clochera...

Mon arrivée ici est trop récente ?

—Que non ! Vingt ans c'est bien ! Tu es bien enraciné maintenant. Sauf que ton accent et ta façon de parler trahiront toujours tes Pyrénées : personne n'est parfait... Notre langue si riche en images ne peut pas s'apprendre. D'ailleurs je te suis reconnaissant de ne pas chercher à t'approprier nos belles expressions comme le font certains nouveaux arrivants.

Tu connais bien ce pays et, dans quelques années, tu finiras par apprécier le Mistral, en gardant dans ta voix un zeste de vent d'Autan…

Loys.

La dernière serre

Jules regardait ses roses d'un œil morne. Il devait les traiter souvent car les maladies étaient plus fréquentes qu'avant. En passant entre les rangs, il constata que beaucoup ne seraient pas vendables : trop courtes, difformes ou malingres. Ces fleurs, qu'il cultivait avec amour depuis des années, avaient de plus en plus de mal à pousser. Il faut dire que les constructions qui se multipliaient autour de sa serre empêchaient un ensoleillement uniforme de ses plantations. Il avait déjà dû renoncer à plus d'un quart de la surface, car trop à l'ombre.

Dire qu'il y a quelques années des serres et des champs entouraient ce village de Provence que les Romains connaissaient déjà et nommaient la Vallée Heureuse !

Jules ne la trouvait plus très heureuse cette terre à laquelle il s'accrochait en dépit de l'avancée inexorable du béton qui avait peu à peu grignoté toutes ces terres agricoles qui faisaient la fierté de ses ancêtres.

Firmin, son père, avait agrandi la propriété héritée de ses parents. Il y cultivait avec bonheur les fraises et les violettes qui faisaient la réputation du village. Toutes les collines des alentours étaient couvertes d'oliviers et plusieurs moulins à huile fonctionnaient. Son village ressemblait à tous les villages provençaux avec sa fontaine, son lavoir, son église au clocher surmonté d'une élégante découpe en fer forgé.

Quand il avait pris la suite de Firmin le marché commençait à être envahi par la production espagnole : de grosses fraises sans goût, cueillies vertes, qui arrivaient sur les étals bien avant les fruits français et étaient vendues à des prix défiant toute concurrence. Il n'avait pas pu lutter.

Il s'était donc reconverti dans la production florale. Au début, tout allait bien mais cette culture nécessitait des investissements importants. Les promoteurs immobiliers avaient commencé à faire les yeux doux à ces agriculteurs pourvus de parcelles proches du village. Ces terres étaient devenues constructibles et les appartements se vendaient bien. Jules s'était laissé convaincre de vendre quelques lopins qui lui avaient apporté largement de quoi couvrir ses frais.

Puis la concurrence venue de lointains pays comme le Kenya avait fait chuter les cours.

Jules avait recommencé à lutter pour maintenir son exploitation. Le David de la rose ne faisait pas le poids face aux Goliaths des fleurs.

José d'Angelo, le promoteur immobilier passait souvent le voir. Il avait la ténacité d'un pitbull. Il en avait la férocité aussi. Tour à tour enjôleur ou menaçant, il avait réussi à arracher à Jules d'autres parcelles où avaient poussé de nouvelles fleurs de béton.

La population avait continué d'augmenter créant de nouveaux besoins en logements.

Les centres commerciaux avaient suivi, accentuant la transformation de l'environnement.

Jules voyait disparaître sous ses yeux le village provençal de son enfance. Seul le cœur de ville subsistait mais là aussi l'urbanisation gagnait.

Les parkings souterrains coiffés de places minérales remplaçaient les terrains de boules qui se voyaient relégués à la périphérie. Les micocouliers cédaient le pas aux pins d'Alep qui poussaient vite mais dont les racines détruisaient la chaussée...

— Ma Provence est en train de mourir, soupirait-il. Si mes ancêtres revenaient, ils ne reconnaîtraient plus rien. Tout est construit ! La nature s'éloigne des villes ! Les villages, autrefois séparés par des zones cultivées, sont maintenant reliés entre eux par des zones industrielles qui ressemblent à toutes celles que l'on trouve en France. Toutes les nuits, leurs néons génèrent une pollution lumineuse qui empêche de voir les étoiles. Il ne nous reste plus que des groupes folkloriques pour rappeler le temps passé. Mais à quoi sert de chanter :

« Les fraises et les violettes poussent dans le gazon,

Poussent à La Valette à côté de Toulon » ... si on ne trouve plus ici aucun cultivateur : les fraises viennent de loin et tout le monde a oublié l'odeur des violettes.

Quant aux figues de Solliès, produit phare de la production provençale, elles effectuent un long périple avant de se retrouver dans les supermarchés locaux alors qu'elles sont produites à quelques kilomètres d'ici ! On marche sur la tête !

Jules regarda encore une fois sa serre : ses roses semblaient avoir perdu leurs couleurs éclatantes. Il eut même la sensation qu'elles baissaient elles aussi la tête, gagnées par le même découragement que lui.

Il sentit naître une sorte de désespoir. Il se battait pour conserver cette dernière serre mais pendant combien de temps pourrait-il encore lutter ? Les grossistes ne lui achetaient plus guère ses productions : ils trouvaient sur les marchés étrangers des roses bien calibrées, moins chères et en plus grande quantité. Ils se moquaient bien qu'elles n'aient aucun parfum. Ce qui leur importait, c'était l'apparence.

Y avait-il encore sur cette terre de Provence des agriculteurs qui pouvaient continuer à vivre de leur terre ? Sur cette frange littorale, ils étaient de moins en moins nombreux. Seuls les viticulteurs parvenaient encore à tirer leur épingle du jeu à condition de produire ce que demandaient les consommateurs : le rosé de Provence se vendait bien. Mais là aussi les requins étaient légion : les gros domaines grignotaient les petits et les producteurs indépendants cédaient la place aux multinationales.

A pas lents, Jules se dirigea vers sa petite maison coincée entre deux bâtiments de quatre étages peints en ocre rouge et affublés de noms bucoliques. Le bruit continu des voitures sur l'autoroute proche dominait le chant des cigales.

Le téléphone clignotait. Jules consulta ses messages.

— Allô ! Jules, c'est José d'Angelo. Est-ce que tu as réfléchi à ma proposition ? Si tu me vends ta serre et ta maison je te réserverai un bel appartement dans l'immeuble qui sera construit là. Tu as l'âge de prendre ta retraite et tu pourras profiter de la vie. Rappelle-moi.

Jules haussa les épaules et marmonna :

— Il est têtu le bougre ! Il veut m'avoir à l'usure !

Mais sa colère se teintait de lassitude. Il était beaucoup moins remonté que d'habitude contre le promoteur.

Le deuxième message l'acheva. Il émanait du dernier grossiste qui acceptait encore de lui acheter ses fleurs. Il l'informait que, dès la fin du mois, il cesserait sa collaboration avec lui.

Il n'y avait plus rien à faire ! D'un geste machinal, Jules attrapa le calendrier de la poste pour compter le nombre de livraisons qu'il lui restait. Il aimait ce calendrier du facteur qui n'avait plus maintenant qu'une utilité toute relative. Chaque début d'année, il le choisissait avec soin : jamais de chiens ou de chats, toujours des paysages champêtres provençaux. A la fin de l'année, il ajoutait le calendrier terminé à la pile de ses prédécesseurs.

Celui de cette année était particulièrement réussi : un champ de lavande du côté de Valensole. Un simple regard sur la photo et il lui semblait percevoir le parfum des fleurs.

Plus il regardait l'image, plus il ressentait comme un appel. Elle était là cette Provence qu'il aimait. L'urbanisation et la pression touristique avaient totalement transformé la frange maritime. Pour retrouver le paysage de sa jeunesse, il fallait s'enfoncer dans les terres, quitter le rivage et ses collines proches et rejoindre les terres rudes de Giono. Dans ces zones préservées poussaient les plantes à parfum : rosier, jasmin et lavande. A Grasse, les parfumeries artisanales avaient de plus en plus de succès et les grands noms de la parfumerie s'arrachaient les huiles essentielles produites dans l'arrière-pays.

Une idée était en train de germer dans sa tête. Plus il y pensait, plus elle le séduisait.

Il se leva et fouilla fiévreusement dans une pile de journaux. Il finit par en extirper le dernier numéro de La France Agricole. Il en tourna rapidement les pages pour s'arrêter sur celles des petites annonces. Il saisit un stylo et entoura celle qu'il avait repérée. Au dos d'une enveloppe usagée qui lui servait d'aide-mémoire il nota ce qui l'intéressait avant d'appeler le numéro qu'il venait de relever.

Il parla longtemps. Quand il raccrocha enfin, un léger sourire flottait sur ses lèvres.

Il resta longtemps immobile, scrutant les moindres recoins de cette pièce qui avait connu ses parents et ses grands-parents, qui avait vu ses jeux d'enfants et ses rêves de jeune homme. Il savait qu'il n'oublierait jamais ces lieux puisque « Nul ne guérit de son enfance » comme chantait Jean Ferrat.

Mais sa décision était prise.

Il saisit le téléphone :

— Allô, José, c'est Jules...

Martine.

La fuite du temps

Gilbert était artisan plombier. Un artisan comme on en voyait peu. Il était dans le métier depuis l'âge de seize ans et aimait toujours autant ce qu'il faisait.

Ce n'était pas tant les tuyaux ou les robinets qui le passionnaient mais plutôt ses clients et les contacts humains.

Compétent et toujours disponible, il ne manquait pas d'ouvrage. Il travaillait tard le soir et sa camionnette blanche était bien connue dans toute la région. Depuis plusieurs années il était accompagné par un jeune qu'il avait repéré en donnant des cours au lycée technique voisin.

Il lui avait appris le métier et formait avec Alain un tandem performant. Leur technique était bien rodée : d'abord Gilbert évaluait le problème ; ensuite Alain effectuait les opérations préconisées avant que la dernière touche ne soit mise par le maître plombier, ce qui lui permettait de passer quelques instants à philosopher avec ses clients.

Le seul point noir dans cette organisation parfaite était la partie administrative...

Non, Gilbert n'était jamais en retard pour payer son ouvrier ou régler les charges sociales. Son défaut, c'était les factures ! N'allez pas croire qu'elles soient anormalement élevées. Elles étaient surtout anormalement longues à être présentées. Gilbert devait être le seul artisan que ses clients étaient obligés de solliciter à plusieurs reprises afin de pouvoir le payer. Il prenait tellement son temps qu'il lui arriva un jour de présenter la note à un vacancier alors que celui-ci venait de vendre la maison dans laquelle il avait fait les travaux. Plein de mauvaise foi, le client refusa de le régler sous prétexte que la facture était trop tardive ...

Cette mésaventure ne lui servit pas de leçon et il continua à travailler rapidement et à se faire payer tardivement.

Avec le temps, de nombreux clients devinrent ses amis. Au moindre appel, il était là prêt à résoudre tous ces problèmes de robinets que n'aurait pu imaginer le plus sadique des instituteurs.

Plus les années passaient, plus Gilbert aimait prendre le temps de rester, une fois le travail exécuté, pour bavarder pendant des heures sur la vie, le temps, la chasse ou l'avenir. Quand vers vingt-et-une heures, son téléphone grésillait, tout le monde savait que c'était son épouse qui lui rappelait qu'il fallait songer à rentrer.

Mais les tracasseries administratives s'accumulaient avec les nouvelles normes, tandis que de grosses entreprises sans âme cherchaient par tous les moyens à faire disparaître les petits artisans pour prendre le contrôle du marché et remplacer le contact humain par une efficacité toute relative. Deux grosses sociétés monopolisaient le terrain et petit à petit, par des moyens plus ou moins loyaux, s'appropriaient certains travaux. Les grossistes n'étaient pas en reste, obligeant les artisans à acheter en lots des pièces qui s'avéraient inutilisables car elles devenaient très vite obsolètes.

Bref, tous les moyens étaient bons pour éradiquer les artisans.

Les années passèrent. Gilbert commença à voir poindre la soixantaine et la retraite : plus il y songeait plus le terme lui déplaisait. La retraite ! Quel mot affreux ! Est ce qu'il s'agissait de celle de Russie ? Autrement dit une fuite, une déroute ? Ou lui parlait-on de celle d'un moine qui se retire du monde pour être seul avec lui-même.

Aucune de ces deux significations ne convenait à notre philanthrope.

Pourtant ses amis l'encourageaient :

— Tu devrais arrêter de travailler. Tu aurais tout ton temps pour faire ce que tu aimes.

Certes, il aimait les voyages, les animaux et la nature.

Mais ce que Gilbert aimait par-dessus tout, c'était parler,

échanger, s'intéresser à ce qui l'entourait. Il lui semblait que s'il cessait son activité, il quitterait le monde actif et perdrait aussitôt toute utilité.

Il voyait bien que les vrais artisans se faisaient rares dans la région et que l'accueil qu'on lui réservait quand il accourait pour colmater une fuite ou remettre en route un chauffage était toujours chaleureux. Cela le confortait dans sa joie d'avoir une fonction sociale et de créer entre les individus ce lien qui commençait singulièrement à manquer dans notre monde de technologie.

Mais l'idée de prendre un peu de repos était séduisante et il se prit à rêver à d'autres activités.

Il entreprit alors d'évoquer son départ avec Alain. Celui-ci se sentait prêt à voler de ses propres ailes et la plupart des clients l'appréciaient. Mais les banques se montrèrent frileuses et peu enclines à aider un jeune à s'installer. Gilbert envisagea toutes les possibilités pour faire d'Alain son successeur. Il était prêt à lui céder son entreprise pour l'euro symbolique. C'était sans compter avec les tracasseries administratives.

Un jour, après une énième demande de complément d'information et un énième formulaire à remplir, excédé, il décida de tout arrêter, successeur ou pas, et l'annonça à ses clients.

Au printemps suivant, quand monsieur Martin arriva avec son épouse dans sa maison de campagne et qu'il ouvrit le compteur d'eau, il s'aperçut avec horreur qu'une énorme fuite s'était produite. Il avait pourtant bien vidé les canalisations pour les protéger du gel. Malgré ses précautions, un gros tuyau avait cédé et l'eau jaillissait en cascade. Il referma immédiatement l'arrivée d'eau.

Son premier réflexe fut bien sûr de téléphoner à Gilbert mais il se ravisa car il savait bien que celui-ci avait cessé son activité.

Sa recherche d'un plombier sur internet le plongea dans le désarroi le plus total. Il n'y avait dans les environs que des sociétés basées à la grande ville voisine et il fallait prendre rendez-vous par internet en expliquant le problème dans la case prévue à cet effet. Impossible d'avoir un interlocuteur en chair et en os : les appels téléphoniques aboutissant à une boite vocale :

— Si vous êtes déjà client, taper 0…

Pour une fuite, taper 1…

Pour un problème de chauffage, taper 2…

Une colère sourde le saisit. Maudissant cette soi-disant intelligence artificielle, il serra violemment son téléphone avec une furieuse envie de jeter cet objet.

Après un long moment de silence pour évacuer sa colère, il ne vit plus qu'un recours : appeler Gilbert ; même s'il ne travaillait plus, il aurait peut-être une solution.

Plus calmement, il reprit son téléphone et composa le numéro. L'appareil sonna à de multiples reprises avant d'enclencher un répondeur. Une voix synthétique répéta le numéro mais le nom du plombier ne fut pas prononcé. Comme s'il jetait une bouteille à la mer, monsieur Martin expliqua longuement son problème et dans sa voix sonnait comme un appel au secours.

Il raccrocha et attendit.

Il avait allumé le feu et la pièce principale commençait à se réchauffer mais impossible de faire fonctionner le chauffage central. S'il ne parvenait pas à colmater cette fuite, les vacances étaient compromises et il allait devoir demander à ses enfants de ne pas venir les rejoindre. Mais il ne pouvait pas non plus repartir sans avoir trouvé de solution. Si Gilbert ne répondait pas, il lui faudrait se résoudre à contacter une grosse entreprise.

Au moment où, fataliste, il saisissait son téléphone, celui-ci se mit à sonner et le nom de Gilbert s'afficha sur l'écran.

Avec un sourire ravi, Louis Martin décrocha.

— Allô, Monsieur Martin ! Je viens d'avoir votre message. J'arrive ! Dans un quart d'heure, je suis chez vous.

— Vous travaillez encore ?

— Je vous expliquerai. A tout de suite.

Et Gilbert raccrocha. Moins d'une demi-heure plus tard, il

frappait à la porte. Toujours aussi efficace, il se dirigea vers le tuyau source de tous les maux.

— Ne vous inquiétez pas ! Je vais faire une réparation provisoire pour que vous passiez des vacances sereines mais il va peut-être falloir reprendre une partie de l'installation.

Et il se mit au travail. En moins d'une heure la fuite était colmatée et le chauffage central mis en route.

Satisfait de sa réparation, il accepta volontiers de s'asseoir au coin du feu avec le couple Martin.

— Je pensais que vous aviez pris votre retraite...

— C'est ce que je vous avais dit la dernière fois que je suis venu. Mais il s'en est passé des choses et surtout j'ai beaucoup réfléchi.

Je m'étais décidé à arrêter, mais plus la date approchait, plus je voulais encore attendre. Et puis Alain a fini par jeter l'éponge devant les difficultés pour reprendre mon entreprise.

— Que fait-il maintenant ?

— Il s'est reconverti et a abandonné les tuyaux et les robinets

— Finalement qu'avez-vous décidé ?

— J'ai réduit la voilure mais sans cesser mon activité. J'ai trouvé, je crois, le meilleur compromis. Je peux continuer à rencontrer les gens, à les aider, à bavarder avec eux tout en poursuivant un métier que j'aime.

Je ne sais pas combien de temps je pourrai continuer ainsi mais pour l'instant je prends mon temps. La retraite viendra un jour, je le sais, mais le plus tard possible.

Il n'est pas aisé de ne pas se presser : il faut résister au rythme ambiant et faire preuve de patience. Je crois que j'ai trouvé aujourd'hui la meilleure façon de m'organiser. Je profite au mieux de tout ce que j'aime et je conserve le plaisir des rencontres et de la convivialité. J'ai la sensation agréable d'avoir ma place dans cette société même si je la trouve de plus en plus déshumanisée et individualiste.

— Vous êtes toujours aussi philosophe, répondit Louis Martin en souriant.

— Mais aussi toujours aussi efficace, ajouta madame Martin pragmatique. Les radiateurs commencent à chauffer, dans quelques heures, il fera bon dans la maison.

Gilbert se leva tandis que Louis Martin ajoutait avec insistance :

— Vous n'oublierez pas de m'envoyer la facture et encore merci d'avoir colmaté cette fuite.

— Par contre, si vous faites refaire l'installation, je ne pourrai pas intervenir. Je ne fais plus que les petites réparations.

Le plombier se dirigea vers la porte, prit chaleureusement congé de ses hôtes avant d'ajouter en sortant :

— Je peux encore réparer les petites fuites. La seule contre laquelle je n'ai pas de remède, c'est la fuite du temps...

Martine.

Taïga

Cela faisait des jours qu'il l'observait de loin.

Son allure, son attitude, tout chez elle l'attirait. Max cherchait à comprendre pourquoi elle était seule dans cette zone de montagne peu hospitalière. Elle lui rappelait sa mère qui lui avait si bien appris la vie en le guidant, sans en avoir l'air. Elle agissait de la même façon avec les deux jeunes qui l'accompagnaient : ils jouaient avec insouciance mais elle ne les quittait pas du regard prête à agir en cas de danger. Il guettait chacun de ses gestes en prenant bien soin de ne pas être vu. Il lui avait donné un nom qui lui faisait penser aux vastes espaces du Nord de la Russie : Taïga !

Max était né dans cette vallée de la Tinée, et son enfance avait été bercée par les histoires que lui racontait sa grand-mère. Il était connu comme un garçon sans problème, un brin "citadin", mais connaissant les moindres secrets de la nature, comme si elle les lui avait soufflés à l'oreille. Son amour des bêtes avait aboli chez lui toute vanité, si bien qu'il manifestait une légère tendance à la naïveté. Son seul défaut révélait un caractère entier qui pouvait le rendre têtu comme un mouflon. Brillant élève, il avait intégré l'École Normale Supérieure avant de s'apercevoir que la vie parisienne n'était pas faite pour lui. Abandonnant un avenir supposé glorieux, il avait passé le concours de professeur des écoles et était revenu dans son Mercantour. Par amour de la faune et des espaces sauvages, il avait postulé pour être lieutenant de louvèterie et avait ensuite rejoint le Groupe Loup créé par l'Office National de la Chasse. Ainsi passait-il tous ses moments de liberté à courir la montagne à la recherche du grand carnassier.

Leur première rencontre avait été mouvementée. A proximité du nouveau sentier qu'il venait d'emprunter, deux boules de poils sombres avaient jailli d'une cavité. A peine capable de tenir sur leurs pattes, elles avaient chuté et roulé devant lui, animées de petits cris apeurés. Max fixait, interloqué, ce qui ressemblait à des louveteaux, tandis qu'un bruit sourd lui avait fait relever la tête. Planté sur la falaise surplombant la tanière, le loup fixait l'homme de toute l'intensité de ses yeux. Max eut un choc en croisant les iris du fauve : mélange de blanc-neige et de bleu-cobalt. Sa gueule s'ouvrit sur un grognement sourd, menaçant, et il eut l'impression de voir luire chacun de ses crocs. Le fauve bondit et se dirigea droit vers lui dont la pensée chancela. Le loup s'arrêta net à la hauteur des boules de poils et s'interposa entre eux et le jeune homme. Il se ramassa sur lui-même, puis se désintéressa de lui pour s'occuper de sa progéniture. A l'évidence, ce loup était une louve. Elle se coucha sur le flanc. Aussitôt, les louveteaux enfouirent leur museau dans la fourrure plus claire de son ventre et se mirent à téter goulûment. Max, subjugué, n'arrivait pas à se défaire de ce spectacle à la fois unique et attendrissant. Il se régalait de cette tranche de vie, inconscient du sourire béat qui lui traversait le visage. De son côté, la louve, tout en nourrissant ses petits, continuait de fixer le jeune homme. Dans l'intensité presque insoutenable de ses yeux d'ambre, il y avait un mélange d'innocence et de défi. Et Max était resté là, incapable de quitter les lieux bien après que la louve et ses petits eurent regagné leur tanière.

Les jours passant, cette rencontre devint une habitude. Chaque sortie dans le cadre de son activité de louvetier le ramenait vers le bosquet où les petits grandissaient au pied du Mont Mounier.

Un matin, très tôt, passant par le hameau de Vignols, proche du village de Roubion, il aperçut Enzo le berger. L'air furieux du vieil homme figea net le sourire de Max. Ce n'était visiblement pas le moment de plaisanter.

— Bonjour Enzo ! Tu as des problèmes ?

— Ah ! Tu arrives bien toi ! Tes protégés ont encore frappé et m'ont tué deux agneaux. Je te préviens ! Si vous ne faites rien, moi je vais agir ! Que ce soit autorisé ou pas. Je sortirai le fusil et je ne les raterai pas !

— Ne fais pas de bêtises... Remplis la déclaration et tes

agneaux te seront remboursés.

— Je n'en ai que faire de ta déclaration. Je n'élève pas des brebis pour les faire dévorer par les loups ! Dieu merci, hier j'ai vu un gros mâle écrasé par des pierres dans un couloir d'avalanche !

— Voilà qui pourrait être une explication, dit Max à mi-voix.

— Une explication à quoi ? A la mort de mes agneaux ?

— Non. A cette louve solitaire avec ses deux petits.

— Ton histoire ne m'intéresse pas ! Ce que je veux, et je ne suis pas le seul, c'est qu'on nous débarrasse de ces sales bêtes. Quel est le crétin à Paris qui a décidé de les remettre ?

— Personne ne les a réintroduits. Ce n'est pas du tout le même problème que celui de l'ours des Pyrénées. Les loups n'ont jamais disparu totalement en Italie. La structure des meutes fait que, parfois, de jeunes loups s'en écartent et vont plus loin fonder de nouvelles familles. Ils ne savent pas lire... Ceux des Abruzzes n'ont pas vu les panneaux "Parc National du Mercantour" ni la frontière et ils sont venus ici. Peu à peu, ils gagnent de nouveaux territoires : le Queyras, le Vercors, l'Ubaye, la Haute Maurienne, Canjuers dans le Var... Et je pense qu'ils ne s'arrêteront pas. Les loups italiens finiront par faire la jonction avec ceux d'Espagne où il y en a plus de deux mille.

— Et nous les bergers, il faudra leur laisser la place ! Ne compte pas sur moi ! Si j'ai une autre attaque, je l'attendrai et je l'aurai.

Enzo tourna les talons et s'éloigna.

Max reprit sa route en ressassant les dernières paroles du berger. Les louveteaux commençaient à prendre une alimentation carnée. Il avait vu Taïga leur apporter des mulots ou des campagnols. Enzo avait parlé de deux agneaux : il ne serait pas étonnant que la louve soit la cause de cette disparition. Un cas de conscience se posait au louvetier. Sa mission était de réguler le nombre de loups en organisant des battues. Il ne pouvait pas imaginer une opération de chasse destinée à éliminer Taïga. Mais il ne pouvait pas non plus la faire fuir pour un nouveau territoire :

les visites qu'il rendait régulièrement au trio lui manqueraient cruellement.

Il était fier d'exercer cette mission de rétablissement du pacte antique des bêtes et des hommes : les unes vaquent à leur survie, les autres composent leurs poèmes, ou, tuent eux aussi... Il n'ignorait rien des lois féroces et immuables de la Nature : il savait bien que chaque vie se paie par une mort, que celle-ci est une autre expression de la vie et que, souvent, elles se confondent.

Il était revenu vers cette tanière, persuadé que la louve acceptait sa présence discrète. Il ne se lassait pas de ces scènes de vie : ces gueules minuscules qui tentaient de saisir, suivant l'instinct, une gorge ou une patte, sans causer le moindre dégât. Car ces crocs n'étaient encore qu'une promesse... Promesse qui, d'ici quelques mois deviendrait une arme redoutable. Une arme dont les premières victimes seraient sans aucun doute les brebis des villages avoisinants.

Il essaya de se convaincre que la prédation racontée par le berger avait pour cause une meute d'une dizaine d'individus dont le territoire se trouvait plus à l'Est. Quelques jours plus tard, un appel de la Préfecture vint confirmer ses craintes. Une nouvelle attaque avait eu lieu à proximité du hameau et les victimes étaient de nouveau des agneaux. Le Préfet lui ordonna donc de faire en sorte que les loups responsables soient éliminés :

— Il semble que la meute qui attaque les troupeaux soit basée vers le Mounier. Organisez une battue dans ce coin. Je ne veux plus de problèmes avec les éleveurs ; ils ont déjà suffisamment manifesté le mois dernier !

— Monsieur le Préfet, je pense que le groupe de loups se trouve plus à l'Est et je vais appeler les chasseurs pour faire le prélèvement nécessaire.

— Faites vite et faites bien !

Et le Préfet raccrocha sans un mot aimable.

Max contacta la société de chasse et la battue fut organisée. Malgré un grand déploiement de forces, les loups restèrent invisibles et, quelques jours plus tard, une nouvelle hécatombe d'agneaux déclencha l'ire du Préfet. Mais il ne suffisait pas d'ordonner depuis un bureau fût-il préfectoral. Les loups sont malins, rapides, organisés. Surtout quand un humain semble vouloir leur venir en aide. Car Max obéissait bien aux ordres qu'il recevait mais ses directives amenaient les battues bien loin de la tanière de "sa" louve. Il continuait à se persuader que ce n'était pas elle qui provoquait tous ces dégâts mais il aurait été sûrement le seul à y croire s'il en avait parlé autour de lui, particulièrement à Enzo. Le vieil homme ne décolérait pas : deux de ses amis bergers avaient, il y a deux jours, été victimes du prédateur et aujourd'hui c'était de nouveau dans son troupeau qu'il y avait des pertes.

Montant vers la tanière de Taïga, le louvetier entendit le berger vociférer et annoncer qu'il allait se venger. Il fit un léger détour pour éviter de se trouver face à lui, et fit un petit signe à Matéo, son petit-fils, qui jouait au bord du ruisseau. Puis il continua sa route.

A proximité de la tanière, il ralentit le pas et vint se dissimuler à sa place habituelle. Il y venait si souvent que les fourrés avaient fini par constituer un emplacement moelleux d'où il pouvait tout à loisir observer sa louve, et chaque rencontre l'émerveillait. Taïga pointait sa gueule au vent, babines frémissantes, les yeux rivés vers l'horizon, sa crinière hérissée par la brise. Des cernes noirs maquillaient le contour de ses yeux profonds en forme d'amande. Ses crocs, d'un éclat de cristal, et ses gencives ébène se découpaient sur l'écrin vermillon de sa langue. Les oreilles en permanence dressées, elle captait le moindre bruissement du vent, surveillant ses petits. Ces derniers grandissaient en agilité et en adresse. Ils commençaient maintenant à chasser eux-mêmes quelques mulots et Max avait pu assister à leur première chasse au lapin ... d'où ils étaient revenus bredouilles.

Max avait l'impression de vivre des instants d'enchantement... et laissait libre cours à sa réflexion. Les animaux incarnent la volupté, la liberté, l'autonomie, ce à quoi nous avons renoncé... Les bêtes sont passionnantes parce qu'on ne peut percer leur mystère. Elles appartiennent aux origines dont la biologie nous a éloignés. Notre humanité leur a déclaré une guerre totale : loups, ours, éléphants, gorilles… Pourquoi détruire une bête plus puissante et mieux adaptée que soi ? Le chasseur fait coup double : il détruit un être, et tue en lui-même le dépit de n'être pas aussi viril que le loup ou élégant que l'antilope… Ainsi allait le monde ! maugréa Max. La Grèce antique l'avait depuis longtemps exprimé : l'énergie du monde circule en un cycle fermé. De l'herbe à la chair, puis de la chair à la terre, sous la houlette d'un soleil qui offre ses photons aux échanges gazeux. Les biches galopent, les loups les pourchassent, les vautours planent. Naître, courir, mourir, pourrir et… revenir dans le jeu sous une autre forme où la morale – invention humaine – n'est pas invitée...

Pendant ce temps, un peu plus bas, au hameau de Vignols, Matéo racontait à son grand-père le passage de ce "militaire" portant sur la manche un insigne doré représentant un loup. Enzo n'eut pas beaucoup d'explications à lui demander pour reconnaître le visiteur furtif. Le vieux se souvint que Max avait brièvement parlé d'une louve solitaire lors de leur dernière rencontre.

— Je suis sûr qu'il cache quelque chose ! marmonna-t-il. Mais on ne trompe pas un vieux renard comme moi !

La visite d'un de ses amis bergers précipita l'action qu'il mijotait depuis quelques temps. Ils discutèrent longtemps de la conduite à tenir face à l'inertie de l'Administration dont Max était pour eux le coupable représentant.

Le lendemain, en fin d'après-midi, Enzo enferma ses moutons dans le parc prévu pour la nuit, prit son fusil, en vérifia le fonctionnement, plaça deux cartouches de chevrotines dans le canon avant de mettre la sécurité. Puis il partit d'un pas décidé sur le sentier que lui avait indiqué Matéo.

Max avait terminé sa journée de classe. Il changea de tenue, mit son appareil photo dans son petit sac à dos et s'élança d'un pas alerte vers son rendez-vous quasi quotidien. En passant à Vignols, il s'étonna de voir les moutons d'Enzo parqués aussi tôt dans la soirée mais il n'y prit pas garde : il était pressé. Il n'était plus très loin du but quand un coup de feu déchira le silence. Les montagnes alentour le répercutèrent longtemps. Max s'effondra à même le sentier comme s'il avait été lui-même atteint ; il se releva. Un frisson glacial le parcourut : l'écho retentit huit fois, dix fois, vaste et triste, emplissant sa tête et lui martelant sans fin : Taïgaaa !... Taï gaaa !... Taï gaaaaa …

Le surlendemain, le meurtre d'un habitant de la Haute Tinée faisait la Une du quotidien régional. L'article décrivait avec force détails la découverte, par son petit-fils, dans une bergerie proche de Roubion, du corps d'un berger immigré italien, vivant seul, réputé irascible. L'enquête, diligentée par le Procureur, devait déterminer, entre autres, si ce meurtre présumé était lié à la louve abattue l'avant-veille.

Loys.

Le portrait oublié

L'écriture lui semblait être celle d'une femme, une petite écriture ronde, décolorée par le temps. Dans ce grenier sombre et sans électricité, Anna ne parvenait pas à déchiffrer les mots écrits sur sa trouvaille. Elle avait découvert cette feuille dans un carton à dessin coincé sous les tuiles de la maison qu'elle venait d'acquérir en région parisienne.

Il lui aurait suffi de descendre l'objet dans le séjour pour avoir suffisamment de lumière mais l'atmosphère étrange de ce lieu, juste éclairé par une petite fenêtre poussiéreuse, lui donnait envie de rester encore un peu hors du temps. Elle attrapa le chandelier improvisé qu'elle avait trouvé là, sortit un briquet de sa poche et alluma la chandelle fichée dans le goulot d'une bouteille carrée dont le marcheur encore visible attestait qu'elle avait, un jour, contenu un *whisky* hors d'âge. Elle approcha la flamme vacillante et parvint à lire "Souvenir de la rencontre avec mon ami Edgar".

En dessous, une sorte de gribouillage qui devait être une signature. Anna retourna la feuille et découvrit, tracé au fusain, l'*esquisse* d'un portrait de femme. Le trait était beau mais l'image inachevée.

Anna avait passé tant d'heures dans les musées à étudier puis à copier les œuvres que cette découverte fut pour elle comme un appel, comme un signe.

Le passé remontait à la surface. Elle posa le chandelier et la feuille puis se laissa tomber sur un épais coussin, soulevant un nuage de poussière. La quinte de toux qui la saisit alors fut insuffisante pour la faire bouger. Les yeux dans le vague, elle revivait ses études aux Beaux-Arts et ses rêves de gloire. Après quelques succès d'estime et quelques expositions saluées par la critique, il avait bien fallu se rendre à l'évidence : la peinture ne la nourrissait pas. Elle avait dû se tourner vers un travail plus rémunérateur et était entrée dans un cabinet d'assurances. Les années avaient passé, tournées vers une réussite professionnelle. Ses rêves artistiques s'étaient endormis : sa situation sociale était enviable mais son travail devenait de plus en plus difficile à assumer. Elle avait mis cette lassitude sur le compte de la vie parisienne stressante. Quand elle avait vu l'annonce pour la maison, elle n'avait pas hésité longtemps. Son bel appartement du quinzième arrondissement avait vite trouvé preneur malgré son prix élevé. Et, au grand désespoir de ses parents, elle avait acheté cette demeure du dix-neuvième dans un village à l'écart des transports parisiens. On lui avait répété qu'elle était trop grande, trop isolée mais elle avait tenu bon.

La jeune femme se décida enfin à bouger, se leva et redescendit dans le séjour sans lâcher sa trouvaille.

La lumière du jour permettait une étude plus facile. En dessous de la signature, on pouvait deviner une date. Anna ouvrit un des cartons de déménagement qui encombraient encore l'entrée. Il portait l'indication " bureau". Elle en sortit une grosse loupe et parvint à déchiffrer "6 mars 1905".

Elle regarda alors le dessin de plus près : c'était un portrait de femme ébauché au fusain et à la sanguine. Cette dernière suggérait la chevelure *fauve* du modèle. Anna revint à la signature : elle lui rappelait quelque chose mais elle ne parvenait pas à dire quoi. Et puis la journée avançait, il fallait continuer à déballer les cartons car la semaine de congés prise pour s'installer allait bientôt s'achever. Elle posa délicatement le portrait sur le buffet et continua ses rangements.

Le lundi, Anna reprit le travail mais elle ne cessait de penser à ce portrait. Elle était presque sûre que la signature au dos était connue. Pour en avoir le cœur net, elle décida en quittant son bureau de faire un détour par le musée d'Orsay. Elle retrouva avec bonheur cette ambiance calme et feutrée et regarda avec un brin d'envie les jeunes artistes copiant les œuvres avec application. En arrivant devant la repasseuse de Degas, elle s'approcha : la signature de son dessin avait une certaine ressemblance mais elle était beaucoup plus informe. Elle regarda les autres œuvres du maître et nota de nombreuses variantes dans cette signature. Ce n'était vraiment pas concluant. Et d'ailleurs, si ses souvenirs d'Histoire de l'Art n'étaient pas trop effacés, Degas n'avait jamais habité loin de Paris.

Elle quitta le musée et regagna son lointain domicile noyée dans le flot de voitures qui se bousculait aux sorties de la capitale.

Les jours passèrent. Elle s'installait dans sa nouvelle demeure et l'appréciait de plus en plus malgré quelques désagréments. Elle avait offert à sa trouvaille un cadre qui la mettait en valeur mais l'origine de ce portrait continuait à l'intriguer.

Elle décida de poursuivre son enquête en questionnant le notaire qui lui avait vendu la maison. Sur les actes de vente on remonte la chaîne des différents propriétaires. Peut-être pouvait-il savoir qui vivait là en 1905 ?

Plusieurs jours s'écoulèrent avant d'avoir enfin une réponse. Les recherches dans les archives de l'Étude avaient porté leurs fruits.

Avec fébrilité, elle décacheta l'enveloppe, relut plusieurs fois la missive et releva la tête avec un sourire extasié : parmi d'autres informations sans intérêt, le notaire lui indiquait que, pendant quelques mois, la propriétaire de cette maison avait été … Suzanne Valadon.

Elle posa la lettre et se précipita sur ses gros livres d'Histoire de l'Art pour vérifier ce qu'elle savait déjà : Edgar Degas avait été un ami de Suzanne Valadon à l'époque où il commençait à devenir aveugle c'est à dire au début des années 1900.

Le puzzle commençait à se mettre en place. Elle avait sans doute entre les mains un dessin du maître Degas.

Dans son sac, le téléphone se mit à claironner le tube de Farrel Williams qu'elle avait choisi comme sonnerie. Elle le trouva soudain tout à fait approprié : "Don't worry, be happy" ! C'était tout à fait l'état d'esprit dans lequel elle se trouvait à cet instant.

Elle laissa le bruit de l'appareil s'éteindre sans faire un geste pour le saisir. Elle avait des préoccupations plus importantes. Des décisions mûrissaient en elle depuis longtemps : la lettre du notaire associée à la musique de son téléphone avaient été comme un déclic.

Elle était certaine que sa vie allait prendre une nouvelle direction.

Dans son cadre, le portrait inachevé semblait lui faire signe. Un prénom lui traversa l'esprit : Julien. C'était un de ses condisciples aux Beaux-Arts. Elle avait appris récemment qu'il était devenu un expert reconnu des peintres du dix-neuvième et particulièrement des impressionnistes. Il ne devait pas être très difficile de le contacter. Une petite recherche sur internet et voilà ! Elle avait même son adresse privée en vallée de Chevreuse. Elle nota soigneusement les coordonnées de Julien et jeta un œil interrogateur sur l'ébauche : elle était restée si longtemps cachée ; fallait-il oui ou non la mettre en pleine lumière ?

Pour s'éclaircir les idées, elle monta au premier étage de la grande maison. Il comportait quatre grandes chambres vides aux tapisseries fanées avec, dans chacune d'elle, une belle cheminée de marbre. Elle n'avait, pour l'instant, rien aménagé à ce niveau et se contentait du rez de chaussée bien assez vaste pour elle.

Et si ses parents avaient raison ? Si elle avait vu trop grand ? A moins que...

Elle ouvrit grand les fenêtres et le soleil inonda les pièces ; elles ne demandaient qu'à reprendre vie. Ce calme et ce silence pouvaient plaire à des touristes saturés par les nuisances de la ville.

La sonnerie du téléphone la ramena à la réalité : elle trouva soudain cette musique beaucoup moins joyeuse que tout à l'heure d'autant plus que la communication provenait de son bureau. Elle se retrouva cernée par des problèmes bassement matérialistes. Ces dossiers qu'elle gérait quotidiennement devinrent soudain lourds et sans intérêt. Elle abrégea la discussion et raccrocha pour appeler une de ses connaissances architecte avec qui elle passa un long moment tout en marchant dans les pièces vides et en prenant des mesures qu'elle transmettait à son interlocutrice. Un rendez-vous fut pris et Anna reposa enfin le téléphone. Elle semblait avoir retrouvé toute sa sérénité. De retour en bas, elle salua "Suzanne" d'un clin d'œil, ouvrit le placard, en sortit sa belle théière en Wedgwood et sa tasse assortie pour préparer son meilleur thé accompagné des cookies cuisinés la veille.

Le soleil descendait à l'horizon. Anna voulait profiter de ses derniers rayons : elle installa son plateau sur la table de jardin placée sous la pergola où la vieille glycine préparait ses fleurs.

Elle achevait de savourer son goûter quand le téléphone se manifesta encore. C'était la sonnerie attribuée à ses parents, elle répondit donc.

Au bout du fil, sa mère s'inquiétait, toujours pour les mêmes raisons : l'isolement de la maison, la longueur du trajet...

— Écoute Maman, tu n'as pas de souci à te faire. D'autant plus que cette situation ne va pas durer. Non ! Je ne vais pas revendre la maison. Je vais la transformer en maison d'hôte et quand ce sera prêt je démissionnerai et resterai ici.

Son interlocutrice restait muette. Elle ajouta :

— Ne t'inquiète pas. J'ai bien réfléchi et j'ai tout organisé pour transformer les chambres du haut et surtout pour me remettre à peindre.

Elle éteignit son portable avec le sentiment d'être enfin en paix avec elle-même. Il ne restait qu'une décision à prendre : faire expertiser "Suzanne" ou pas. Ce portrait lui avait donné le courage de revenir à ce qu'elle aimait vraiment. Alors, quel intérêt de savoir s'il était ou non de Degas ? Elle n'avait pas l'intention de le vendre.

Anna se leva, entra dans la maison, prit la feuille sur laquelle elle avait noté les coordonnées de Julien, la froissa et la jeta sans hésiter dans le poêle.

Martine.

Improbable randonneur...

Ma Chère Trudie. Ça y est ! Je l'ai fait ! Je suis enfin arrivée à Santiago et j'ai ma *compostela*... Six cent soixante-dix-sept kilomètres depuis San Sebastian par le chemin du Nord : je ne suis pas peu fière ! Je te raconterai tout cela à mon retour à Bruxelles.

Mais je ne peux pas attendre pour te parler d'une rencontre que j'ai faite durant ce dur voyage.

La première fois que je l'ai vu, je partais de San Sebastian : les premiers pas étaient difficiles. Mes chaussures me serraient un peu et le sac avait du mal à trouver sa place sur mes épaules mais j'avançais avec détermination. Il m'a doublée sans un regard, d'un pas décidé. Sa barbe naissante montrait qu'il devait être en route depuis plus longtemps que moi. Mince, les cheveux lisses, un peu longs et grisonnants, on ne pouvait pas lui donner d'âge précis. C'était un jacquet comme moi. Son sac assez volumineux et sa démarche dénotaient un sportif. Il s'est éloigné rapidement et je l'ai perdu de vue.

Il y a peu de monde sur ce chemin, il est moins fréquenté que le *Camino Frances*. En général, on marche seul sauf quand on est parti en groupe constitué. La difficulté et la répétitivité de l'effort font peu à peu disparaître l'identité sociale au profit de celle de pèlerin. La solitude permet aussi de laisser voguer son imagination quand on rencontre un congénère.

Il m'intriguait. Je n'arrivais même pas à lui donner une nationalité : peut-être un britannique, il en avait le flegme et l'allure.

Mais les douleurs dues aux chaussures trop neuves m'avaient vite ramenée à des choses plus terre à terre.

Les jours suivants, il y avait eu le chemin, le chemin encore, le chemin toujours. J'avais dû lentement l'apprivoiser.

Mon embonpoint n'arrangeait pas les choses. Au fil des jours, j'étais vraiment devenue une pèlerine même si j'ai encore du mal à dire pourquoi j'ai entrepris ce voyage.

Je m'arrêtais dans des albergues, toutes semblables, puis le lendemain je repartais et je marchais.

Je l'ai revu quand je suis arrivée au monastère de Zenarruza. Il était là avant moi et revenait avec le frère chargé de l'accueil quand je suis entrée. Je l'ai entendu demander s'il pouvait installer sa tente dans un coin du jardin du monastère. Il semblait n'apprécier que modérément la promiscuité des lieux. Nous étions pourtant peu nombreux et il était le seul représentant de la gent masculine. Les quelques mots que j'avais entendus me permirent de noter qu'il devait être français. J'en ai eu la confirmation au repas du soir qu'il prit avec nous et au cours duquel j'appris qu'il était parti d'Hendaye. Tu sais, quand on parle avec d'autres pèlerins, on ne cherche pas à savoir qui ils sont, juste d'où ils sont partis. Mais tu me connais, je suis curieuse et j'ai beaucoup d'imagination. Les quelques mots que nous avions échangés dénotaient un individu qui s'exprimait avec aisance mais aussi avec une certaine réserve pour ne pas dire un certain ennui comme s'il était détaché de ses semblables. Ce détachement lui était-il naturel ou seulement dû au Chemin ?

Au matin quand je me suis levée, sa tente n'était plus là.

Et j'ai poursuivi le chemin : Bilbao moderne et travailleuse avec ses faubourgs peu adaptés à la marche. J'ai quitté le Pays Basque pour entrer en Cantabrie. Mais tous les détails de mon voyage, je te les raconterai plus tard. Revenons à mon pèlerin inconnu.

Je l'ai revu furtivement à Santillana del Mar. Je m'étais arrêtée pour me désaltérer et il est passé devant moi, dédaignant la foule de touristes qui encombrait la petite ville, pressé de retrouver le Chemin. J'étais sûre que c'était un amoureux des grands espaces et de la solitude dans la nature.

J'ai poursuivi ma route et j'approchais de Santiago quand il est réapparu. Il n'était plus seul mais accompagné d'une jeune femme qui marchait d'un pas vif à ses côtés. Elle devait être d'origine africaine et son allure élégante et fière me faisait penser à ces coureuses de marathon Kenyanes ou Ethiopiennes. Ils sont passés près de moi sans un regard. Le but de notre voyage était tout près et les vrais et faux pèlerins accouraient en masse. Ils se sont perdus dans la foule.

J'ai accompli toutes les formalités d'arrivée puis, ma compostela en poche, je me suis accordé le plaisir d'une vraie chambre d'hôtel. Je me suis offert le luxe d'une longue douche pour évacuer la poussière du chemin et me suis allongée pour profiter d'un repos bien mérité. Dans le tiroir de la table de nuit, un magazine oublié était là. Je l'ai feuilleté et suis tombée sur un article qui parlait d'un écrivain français. La photographie qui l'illustrait a attiré mon attention. Elle montrait l'auteur et son épouse. Le visage de l'homme ne me disait rien mais la jeune femme était bien la compagne de mon pèlerin mystérieux...

Et je ne m'étais pas trompée sur ses origines : elle est éthiopienne.

J'ai regardé la photographie avec plus d'attention. C'était bien lui ! On y retrouvait la nonchalance et le regard rêveur du pèlerin sale et mal rasé que j'avais croisé à plusieurs reprises.

J'ai lu l'article de la première à la dernière ligne. Je m'étais bien trompée sur son compte. Quand, durant ce long voyage, je me posais des questions à son sujet, j'hésitais entre deux extrêmes : soit quelqu'un proche de la terre, soit un astronome, les yeux tournés vers les étoiles. En réalité, il était médecin, avait été ambassadeur et, tu ne le croiras pas, il était membre de l'Académie Française ! Je n'en suis pas encore revenue !

Le chemin de Compostelle est une aventure incroyable ; tous les individus disparaissent dans une identité nouvelle : le pèlerin, un être sans passé, sans autre fonction que de marcher, marcher toujours jusqu'au but ultime.

Mais il n'est plus temps de philosopher, je termine ma lettre, ma chère Trudie et te donne rendez-vous très vite dans notre restaurant favori près de la Grand Place.

    Je t'embrasse,

    Mathilde.

    P.S. Je ne serais pas étonnée qu'Il écrive un livre sur cette aventure ...

Martine.

Le cœur ou le sang ?

— Nous sommes au complet, nous pouvons commencer.

Le notaire observe lentement l'assistance. Dans l'ambiance feutrée de cette étude cossue du septième arrondissement de Paris, il a face à lui, à sa gauche, négligemment installés dans les fauteuils de cuir, trois hommes et une femme d'une trentaine d'années, particulièrement élégants. Le plus âgé des trois consulte d'un air ennuyé la Rolex à son poignet tandis que les jambes croisées de la jeune femme laissent deviner la semelle rouge de ses escarpins à talons aiguilles. Tout chez eux reflète une aisance matérielle certaine. Le quatuor jette à la dérobée des regards inquisiteurs sur leur voisine assise du côté droit : une femme d'environ quarante ans. Mince, les cheveux courts, elle est sobrement vêtue et semble étonnée de se trouver là.

— Je vous ai demandé de venir, poursuit le notaire, suite au décès de Monsieur Bertrand Arnald. Quelques mois avant de mourir, il m 'a confié une lettre dont je dois vous donner lecture et qui indique ses dernières volontés.

Le tabellion ouvre un épais dossier gris, en sort un feuillet couvert d'une fine écriture, le déplie et commence à lire en se tournant vers les quatre personnes, devenues soudain particulièrement attentives.

Mes enfants,

J'aurais préféré vous raconter cette histoire de vive voix. Hélas la maladie a été plus rapide que moi : elle ne m'a pas permis de régler ma succession de mon vivant.

C'est donc Maître Abadia qui vous lira ma lettre.

Quand j'avais une vingtaine d'années, j'ai rencontré une

Le notaire fait une pause dans sa lecture tandis que les quatre enfants de Bertrand Arnald fixent, incrédules, leur voisine tout aussi stupéfaite qu'eux. Personne ne dit mot puis Maître Abadia poursuit :

documents que j'ai pu recueillir concernant sa mère.

Je demande à mes enfants d'accepter ma décision : les biens que je leur laisse sont largement suffisants pour assurer leur train de vie.

Fait en l'étude de Maître Abadia le 14 octobre 2018.

Un silence lourd et pesant s'est établi dans la pièce. On entend uniquement la respiration précipitée des quatre enfants Arnald. Le notaire hésite à intervenir cherchant les mots qui pourraient calmer les héritiers. Plus on en a, plus on en veut. La fortune Arnald est pourtant bien suffisante pour être partagée en cinq, pense-t-il.

Maître Abadia se tourne maintenant vers Marina : elle n'a pas bougé. Le regard dans le vide, elle semble perdue dans un rêve.

Enfin, le notaire se décide à parler.

— Je suis désolé, Mademoiselle et Messieurs Arnald de la brutalité de cette annonce mais votre père tenait à ce qu'il en soit ainsi.

Puis il se tourne vers sa droite et s'adresse à Marina :

— Madame Sanchez acceptez-vous la demande de Monsieur Bertrand Arnald ?

Comme si elle s'éveillait, Marina regarde le notaire puis ses quatre voisins qui la fusillent du regard. Elle se lève, hésite encore un instant puis se met à parler d'une voix douce et calme :

—Oui ! Je vais le faire ce test ADN. Mais certainement pas pour la raison que vous imaginez, ajoute-t-elle en regardant ses quatre voisins.

Et elle continue à parler, les yeux fixés sur le notaire sans sembler le voir :

— Je suis née sous X et j'ai effectivement été adoptée à six mois par un couple merveilleux qui m'a entourée d'amour et d'attention. Ils ne m'ont jamais caché mon adoption. A l'adolescence, j'ai eu envie de savoir d'où je venais. Mes parents ont tout fait pour m'aider dans ma recherche qui est restée vaine. L'accouchement sous X est un secret bien gardé. Puis je me suis mariée et j'ai oublié ce mystère. Quand mes enfants sont nés cette envie de connaître mes origines est revenue et continue à me tarauder, souvent dans des circonstances banales. Par exemple quand un médecin me questionne sur mes antécédents familiaux.

Ce test je vais donc le faire pour connaître enfin qui sont mes géniteurs. Oui ! J'emploie le mot géniteurs parce que celui de parents, je le réserve à ceux qui ont toujours été à mes côtés, dans les bons et les mauvais jours. Ceux-là sont vraiment mon père et ma mère, ceux qui m'ont choisie et que mon cœur a choisis.

Monsieur Arnald a l'air d'avoir obtenu beaucoup d'informations me concernant mais ce test lèvera tous les doutes. S'il est positif, je pourrai enfin clore définitivement le chapitre de mes origines et regarder vers l'avenir avec la famille qui m'entoure depuis ma plus tendre enfance.

Lorsque j'aurai les résultats de ce test ADN je viendrai vous voir, Maître.

Vous aurez préparé les papiers nécessaires à ma renonciation à la succession de Monsieur Arnald et je les signerai.

Le sang de ce monsieur coule peut-être dans mes veines mais la seule famille à laquelle je me sens appartenir s'appelle Martin. Elle n'a ni la fortune, ni la notoriété de la famille Arnald, mais elle m'a appris à ne pas envier ceux qui ont plus que moi. Je suis heureuse et bien entourée : cela me suffit.

La jeune femme se retourne pour prendre son manteau posé sur le dossier de son fauteuil ; elle se baisse et saisit son sac avant de tendre la main au notaire. Puis elle se tourne vers les enfants Arnald qui semblent changés en statues. Dans le sac Vuitton de Juliette Arnald un téléphone propose bruyamment d'allumer le feu mais sa propriétaire ne fait pas un geste pour l'éteindre. Le regard fixe, elle semble découvrir une extraterrestre.

Marina incline la tête et sort sans un regard pour ceux qui

sont peut-être sa fratrie mais dont elle se sent si éloignée.

101   **Martine.**

Le sentier interdit

— Encore une chaude journée qui se prépare... pense Sylvio Cade, le garde forestier, en refermant la portière de sa voiture qu'il vient de garer sur le parking des Oursinières.

Le jour se lève et la douceur du petit matin va bientôt faire place à la chaleur accablante de ce début juin. Signe d'une température élevée, quelques cigales assouplissent leurs cymbales dans les grands pins d'Alep de la forêt du massif de la Colle Noire proche de Toulon.

Cette tournée est indispensable. Il n'a pas beaucoup plu durant le printemps. Un léger vent d'est est perceptible et on annonce son renforcement. La sécheresse se fait déjà sentir et les touristes oublient vite les consignes de sécurité les plus élémentaires. Le monde méditerranéen est bien étranger à ces "nordistes" qui ne voient ici que le soleil dont ils sont tellement privés.

Cet écrin de verdure a déjà été rudement touché par un incendie en 2005 ; il commence à peine à s'en remettre : on voit ça et là de jeunes pousses de pins, une bruyère d'un beau vert tendre et des chênes-lièges qui repartent avec énergie tandis que les chênes kermès, toujours prompts à coloniser les espaces incendiés, recouvrent le sol d'un piquant tapis vert sombre.

Sylvio vérifie dans son sac à dos la présence d'une grande bouteille d'eau et du sandwich qu'il a préparé avec soin. Il songe à sa pause déjeuner prévue face à la mer dans un coin qu'il affectionne. Il compte aussi profiter de cet arrêt pour réfléchir au ramassage des détritus qu'il organise régulièrement pour sensibiliser les lycéens à la protection de cette forêt qu'il aime tant. Il soupire en songeant à la difficulté de cette tâche : ces jeunes pleins de bonne volonté oublient bien vite leurs bonnes résolutions sur les économies d'énergie ou la préservation de la nature au profit du dernier smartphone dévoreur de matière première, ou du maxi-burger de l'enseigne bien connue... Ce qui ne les empêche pas de manifester en séchant l'école tous les vendredis pour « sauver la planète » suivant aveuglément l'exemple et les sermons de cette jeune suédoise qui s'autorise à faire la leçon à ses aînés à travers le monde !

— Le monde est fou ! et l'être humain n'est pas à une incohérence près, murmure le forestier.

Il vérifie une dernière fois son sac orné du portrait de la Kenyanne Wangari Maathai, prix Nobel de la paix, connue comme "Celle qui plante des arbres" ; il enfile les bretelles de sa besace puis inspire à pleins poumons ce mélange d'air iodé et de senteurs de maquis avant de se diriger plein est face au soleil. Le sable du sentier crisse sous ses pas et le vent marin agite doucement les branches des pistachiers lentisques qui bordent le chemin. De grands pins tordus penchent leurs bras décharnés au-dessus de la falaise qui surplombe une petite crique à l'eau turquoise que l'on ne peut atteindre que par la mer.

Chemin faisant, il constate que les branches d'un certain nombre d'arbustes ont été brisées. Il s'arrête pour observer les dégâts de plus près : les dernières fleurs des lentisques ont été vandalisées.

— Encore des Parisiens qui ne comprennent pas que ces fleurs ne résistent pas à la cueillette.

Une grande bruyère attire son regard. Quelques rameaux fleuris pendent lamentablement ; ils ont visiblement été trop difficiles à couper. L'arbousier voisin a été épargné ; ses branches à l'écorce crevassée ne portent ni fleurs ni fruits en cette saison.

Sylvio continue son inspection en pestant contre ces hurluberlus qui ne respectent rien.

Le cri aigu d'un aigle de Bonelli lui fait lever la tête et il observe avec délice le vol majestueux du rapace qui joue avec les courants ascendants.

A proximité de la mine de Cap Garonne, il constate que des

cailloux ont été déplacés et installés pour dessiner vaguement un cœur écrasant des touffes de thym et de romarin. Devant un tel enfantillage, il esquisse un sourire apitoyé et poursuit sa route.

C'est en arrivant au niveau du tronçon fermé au public qu'il entend des éclats de rire. Depuis l'incendie de 2005, personne ne doit emprunter cette partie du sentier afin de favoriser la régénération naturelle de la zone. Pourtant c'est bien de là que provient le bruit de voix qu'il perçoit maintenant distinctement. Il sent la colère le gagner : il doit se calmer car son chef lui a bien recommandé d'être pédagogique avant de verbaliser en dernier recours.

— Pédagogique ! Je leur botterais bien le train pour leur apprendre à respecter les interdits !

Les voix se rapprochent. Sylvio perçoit maintenant une odeur qui augmente sa rage : ils ont fait du feu !

Enfin, il les découvre : deux jeunes couples vêtus de tenues bariolées, assis en tailleur autour d'un foyer sur lequel grillent des carrés blanchâtres ressemblant à des guimauves.

L'une des jeunes femmes lui tend sa brochette improvisée :

— Un peu de tofu grillé ? Il est parfumé au romarin...

— Éteignez moi ça tout de suite ! vocifère le garde.

Et, d'un geste vif, il se débarrasse de son sac pour saisir sa bouteille d'eau et noyer le barbecue interdit. Mais à cet instant, une saute de vent imprévue fait voltiger une braise qui enflamme aussitôt la végétation alentour.

— Étouffez les flammes, leur crie Sylvio qui, joignant le geste à la parole, tente de piétiner les flammes naissantes.

Fascinés, ils fixent d'un air incrédule le feu qui crépite.

Il faut agir vite. Prévenir les pompiers puis mettre ces quatre imbéciles à l'abri. Le vent tourbillonnant n'incite pas Sylvio à les ramener par le sentier : ils courent le risque d'être piégés si cela empire. Il aperçoit un chemin escarpé qui descend vers une petite plage. Il va les faire descendre là. La progression est difficile : les jeunes ne sont pas très sportifs. Ils parviennent enfin sur la plage au moment où un hélicoptère bombardier d'eau les survole et lâche sa cargaison sur la végétation en feu tandis que les pompiers terminent le travail. Plus de peur que de mal...

Maintenant que le danger est passé, Sylvio sent remonter sa colère contre ces inconscients qui ont mis leur vie en danger et pris le risque de détruire le fragile équilibre de cette forêt qui commence juste à reprendre vie.

— Vous avez vu !! Il faut être débile pour faire ainsi du feu !

— Mais nous pensions qu'il n'y avait pas de risque tout était bien vert, finit par murmurer l'une des filles.

— Oui ! Mais ici la végétation ne réagit pas comme en région parisienne. Pourquoi croyez-vous qu'il y ait autant de parfums dans notre forêt ? Parce que la plupart des végétaux produisent des essences très inflammables. De toute façon, il est interdit de faire du feu en toute saison, s'emporte-t-il. Toute l'année, hiver, été, par tous les temps je fais la guerre aux délinquants de votre acabit. Mais vous c'est le bouquet ! Allumer du feu en pleine forêt avec le vent qui se lève ! Vous auriez pu y griller si je n'étais pas arrivé.

— Nous voulions juste profiter de la nature, être en harmonie avec elle. Elle nous a offert ses fleurs et ses parfums, ajoute une des jeunes en montrant les branches de romarin qui ornent sa chevelure.

— En harmonie !... Il suffit de marcher et de scruter toutes ces nuances de vert sur le fond bleu du ciel. Il suffit de regarder le vert sombre des yeuses, de chercher les chênes blancs qui, hélas commencent à se faire rares, de sentir l'odeur du thym dont on vient de frôler une touffe... Il suffit de s'asseoir et de sortir le casse-croûte en prenant soin de ramasser tous ses déchets.

Il ouvre son sac et déballe avec gourmandise sa baguette généreusement tartinée de rillettes. Malgré le vent marin l'odeur du sandwich est perceptible et provoque un mouvement de recul des quatre touristes qui écoutaient sans mot dire. Cette attitude provoque l'hilarité de Sylvio.

— Eh oui ! Je ne suis pas végan mais je protège ma forêt, moi !

A cet instant, le téléphone du garde signale un appel. La sécurité civile fait le point avec lui. Le feu est éteint mais il faut ramener les quatre imprudents. Sylvio ne souhaite pas leur faire emprunter le chemin pris pour atteindre la plage. Après une brève discussion téléphonique, il se tourne vers ses "compagnons" :

— Je ne vais pas vous faire remonter par le chemin. La Sécurité Civile va nous envoyer un Zodiac.

— Et vous allez nous laisser où ? Parce que ... nous avons notre voiture aux Oursinières. Entre parenthèses, nous avons cherché en vain une prise pour la recharger.

—Vous ne manquez pas d'air, s'étrangle le garde ! Il faut aussi faire le taxi après avoir fait l'ange gardien ! De toutes façons, ne vous inquiétez pas : je ne vais pas vous lâcher. J'ai fait de la pédagogie, comme mon chef me l'a demandé. Maintenant... je vais faire de la répression. Quand vous aurez réglé toutes les infractions commises, vous pourrez regagner votre véhicule.

En cette fin d'après-midi, les rayons du soleil moins ardents et la brise marine viennent à point nommé adoucir l'atmosphère devenue par trop électrique. Le regard courroucé, le forestier-philosophe scrute l'horizon comme pour y chercher sagesse et réconfort ; mais il ne peut s'empêcher de marmonner :

— Du tofu ! La nature... en harmonie … !

Le voilà bien le problème : fantasmes et inconscience de ces écolos marionnettes prisonniers de leur ghetto naturaliste, idéologique et dogmatique ...

Puis, se retournant brusquement et levant la tête vers ses amis les arbres, il songe combien il a besoin de cette forêt pour réapprendre la patience et le temps long : ici chaque moment de bonheur se gagne dans le rythme ancestral des gestes les plus simples. Ici, on apprend à épouser la cadence des saisons qui transforme la nature au fil des jours.

Sur sa gauche, à flanc des coteaux, les terres sèches frappent de loin par leur nudité : paysage sévère un instant égayé par le vol saccadé d'un goéland argenté en quête de l'âme sœur.

Loys.

Au dernier temps de la valse

Pierre referma lentement la porte du cabinet médical. Il n'avait jamais aimé l'automne et en ce triste jour d'octobre, il l'aimait encore moins. Il frissonna et remonta le col de son pardessus tout en regardant les feuilles des arbres de la place tomber en tourbillonnant, emportées par la bise. La beauté de leurs couleurs mordorées ne suffisait pas à lui faire oublier que leur chute était la prémisse de l'arrivée de l'hiver.

Pierre, lui aussi, arrivait au seuil de l'hiver de sa vie et les nouvelles que venait de lui donner son cardiologue le lui rappelaient cruellement. Son vieux cœur donnait des signes de fatigue et il fallait très rapidement envisager une opération. Un pontage coronarien lui permettrait peut-être de surmonter les difficultés qu'il rencontrait de plus en plus dans tous les gestes du quotidien. Une telle intervention ne lui faisait pas peur ; ce qui le tracassait c'était la durée de la convalescence prévue. Le médecin avait été formel : pas question de revenir rapidement chez lui. Il lui faudrait passer plusieurs semaines dans un centre de convalescence et l'idée de rester tant de jours loin de son foyer le tétanisait.

A pas lents il regagna la petite maison qu'il habitait depuis près de cinquante ans.

Olga Sanchez, leur aide-ménagère, vint à sa rencontre et referma rapidement la porte derrière lui.

Tout en déposant son manteau dans l'entrée, Pierre s'inquiéta :

— Je n'ai pas été trop long ? Elle a été calme pendant mon absence ?

— Ne soyez pas si inquiet, Monsieur Pierre, il faut aussi penser à vous. Le docteur vous a donné de bonnes nouvelles ?

Sans répondre, Pierre pénétra dans le séjour.

Marie accueillit son arrivée avec ce sourire enfantin qu'elle arborait en permanence quand il était près d'elle. Elle chantonnait cet air de Brel sur lequel ils avaient dansé le jour de leur mariage : la valse à mille temps...

Comme chaque fois qu'il entrait dans la pièce, elle lui tendit les bras. Il s'approcha, l'aida à se mettre debout et lentement, il lui fit esquisser le rituel pas de danse avant de la ramener jusqu'à son fauteuil. Elle appuya sa tête sur l'oreiller blanc brodé. Ses cheveux gris ébouriffés lui faisaient comme une auréole. Il la peignait avec soin chaque matin mais il n'arrivait pas à lui faire ce chignon qu'elle réalisait si bien autrefois. Marie continuait de le fixer avec ce sourire mécanique tout en répétant inlassablement la première phrase de la chanson.

Cela faisait déjà quelque temps qu'elle ne le reconnaissait plus. Lentement, inexorablement, elle s'était enfoncée dans le néant. Il se raccrochait à ce sourire et à cette musique qui, selon lui, permettait de garder à son épouse un minimum d'autonomie. Ces quelques pas de valse qu'ils faisaient plusieurs fois par jour redonnaient à Marie un peu d'humanité. Leurs enfants vivaient loin d'eux et ne pouvaient lui venir en aide. Ils cherchaient à convaincre Pierre de prendre un peu de repos en la confiant à un établissement spécialisé. Ils insistaient en disant que cette séparation ne changerait rien puisqu'elle ne savait plus qui il était. La réponse de Pierre était toujours la même :

— Oui ! Mais moi, je sais qui elle est...

Il se laissa tomber dans le fauteuil où il passait maintenant de longs moments et observa celle qui partageait sa vie depuis plus de cinquante ans et dont les yeux vides le fixaient. Il songea à l'inquiétude de Marie pendant les années qui avaient suivi la mort de ses parents. Ils étaient partis à quelques mois d'intervalle emportés par le même cancer. Elle s'était alors persuadée que sa fin serait identique et n'avait cessé de lui répéter :

— Si le Crabe vient me prendre, tu me promets que tu ne me

laisseras pas souffrir comme eux ! Tu m'aideras à partir !

Il lui avait promis. Le cancer l'avait épargnée... Obsédée par cette maladie dont elle se pensait menacée, elle n'avait pas remarqué les premiers symptômes de la lente destruction de son cerveau. Pierre, lui aussi, avait refusé de voir la réalité en face, mettant les premiers oublis sur le compte de l'étourderie bien connue de Marie. Puis il avait fini par se rendre à l'évidence et par donner son nom à ce fléau qui détruisait leur fin de vie : Alzheimer...

Il avait lutté pour conserver des souvenirs à Marie le plus longtemps possible mais peu à peu la maladie avait tout effacé jusqu'à son existence. Elle l'appelait "Monsieur" mais il était le seul à qui elle souriait encore. Elle avait oublié tous les gestes de la vie quotidienne ; il ne lui restait que cette chanson qu'ils aimaient tant et qu'elle répétait jour et nuit, puis ces pas de danse qu'elle lui réclamait en lui tendant les bras.

L'aide-ménagère avait quitté la maison ; au moment où Pierre se pencha pour relever Marie qui était en train de s'affaisser dans le fauteuil, une douleur aiguë dans la poitrine lui rappela son cardiologue. Une épée de Damoclès était suspendue au-dessus de sa tête. Le médecin avait tenté de le persuader de mettre Marie pendant un certain temps dans un établissement adapté : il avait refusé énergiquement.

Il ne savait plus que faire. Devait-il obéir et se séparer provisoirement de son épouse pour subir cette opération ? Il était persuadé qu'à son retour elle aurait perdu le peu d'autonomie qui lui restait, ou même pire, qu'elle ne serait plus là.

D'un autre côté, s'il refusait l'opération, il était conscient que son vieux cœur pouvait lâcher à tout moment. Dans les deux cas, il ne pourrait pas être présent jusqu'au bout auprès d'elle comme ils se l'étaient promis.

La douleur dans sa poitrine avait diminué d'intensité mais elle était toujours présente. Il regarda la pendule : dix-sept heures déjà. Marie ne le quittait pas de son regard vide et gardait son sourire figé.

Il la regarda longuement : sa décision était prise.

Il se leva pour contrôler si la sangle était bien attachée au fauteuil, avec la boucle côté dossier. A cause de ses chutes, il avait dû se résoudre à la maintenir lorsqu'il s'éloignait. Il procédait à une vérification à chaque fois qu'il devait s'absenter, car elle n'avait de cesse de faire tourner la ceinture pour la défaire.

Il se dirigea vers la salle de bains et saisit une boîte de médicaments d'où il préleva une dizaine de comprimés. Dans la cuisine, il les écrasa avec soin avant de les mélanger à la compote favorite de Marie.

Quand il revint, elle avait les paupières closes et sa tête penchait vers l'avant. Il lui caressa doucement la joue. Elle ouvrit les yeux et sourit à sa façon décalée. Il lui noua sa grande serviette autour du cou et entreprit de la faire manger. L'opération était délicate car elle risquait à chaque instant la fausse route : elle ne savait plus se nourrir. Quand elle eut achevé son goûter, Pierre la détacha et la fit se lever avec mille précautions. Comme mue par un signal, elle recommença sa chanson ; il esquissa un pas de valse avec elle avant de la mener doucement vers le lit qu'il avait dû placer dans le séjour, leur chambre se trouvant à l'étage.

Il l'y installa, redressa l'oreiller et entreprit de peigner avec soin l'auréole rebelle des cheveux.

Marie continuait à le fixer de son air enfantin en fredonnant en boucle les quelques paroles. Pierre lui prit la main et se mit à chanter avec elle tandis qu'elle fermait les yeux, relâchait ses traits puis doucement s'enfonçait dans le sommeil.

"Au premier temps de la valse..."

Martine.

Les belles bottes d'Hans Mayer

Hans Mayer était sous-officier de l'armée du roi de Prusse.

En cette belle journée de printemps, il se préparait avec le plus grand soin. Il avait soigneusement brossé sa vareuse dont les boutons de cuivre brillaient comme des miroirs. Posé sur une chaise, son schako noir étincelait et la grande plume blanche qui le surmontait frémissait sous le léger courant d'air qui entrait par la fenêtre ouverte.

Depuis de longues minutes, Hans avait entrepris de coiffer méticuleusement ses favoris bruns. Le fer à friser avait chauffé dans la braise et était à bonne température.

Le métier des armes est réservé aux hommes solides et courageux mais cela n'exclut pas une certaine coquetterie. Et le soldat n'en manquait pas. En dépit de la rigueur de l'armée prussienne, il s'arrangeait toujours pour agrémenter son uniforme de quelques fantaisies. Elles devaient rester discrètes car les officiers ne pardonnaient aucune incartade.

Quand il eut fini de mettre en place sa coiffure, il fit un essai avec le couvre-chef avant de le reposer, satisfait de l'effet produit. Il ne comptait le remettre qu'à l'instant du départ.

Hans revêtit sa chemise blanche qu'il avait fait repasser et empeser. Le col montant obligeait à conserver la tête légèrement relevée ce qui allongeait le cou de notre guerrier qui en avait bien besoin.

La vareuse rutilante vint se superposer à la chemise ; puis le ceinturon, la cartouchière et le baudrier blancs et brillants complétèrent l'ensemble.

Hans se jeta dans le miroir un regard satisfait avant d'attraper l'objet le plus important de son uniforme : une paire de botte hautes en cuir fauve. C'était sa dernière fantaisie : il les avait fait faire sur mesure chez le bottier le plus chic de la ville. Réglementaires dans leur forme, elles étaient constituées du cuir le plus fin.

Ses chaussures à la main, il s'approcha de la fenêtre pour vérifier si aucune tâche ne venait flétrir un tel chef d'œuvre. Il lui sembla apercevoir un léger défaut. Il se précipita pour y remédier avec force cirage et huile de coude.

Enfin satisfait, il les enfila avec délice. Encore un coup d'œil au miroir avant de finir de s'équiper avec l'épée et le schako. Il se trouva parfait et jeta à son image un regard des plus satisfaits.

Il était temps de gagner la caserne pour ce jour différent des autres, ce jour qui n'arrivait que sept fois par an et qui méritait donc qu'il mit le plus grand soin à sa toilette. Avant de refermer la porte, il regarda une dernière fois la pointe de ses bottes : elles luisaient comme un miroir. Heureusement, le temps était sec et il ne risquait pas de salir ces merveilles.

Bombant le torse et relevant la tête, il se dirigea vers le quartier général à pas lents pour que les passants puissent à loisir profiter de son allure. Le régiment était au complet et tout se passa pour le mieux.

Une heure plus tard, Hans reparut au portail de la caserne. Il avait l'air particulièrement heureux et se dirigea en compagnie d'un autre soldat vers l'un des bars qui se trouvait sur la place.

Une flaque nauséabonde, vestige de quelque beuverie, s'étalait devant la porte de l'estaminet. Hans fit un grand détour pour éviter de souiller ses superbes chaussures. Avec quelques difficultés il parvint à se frayer un passage jusqu'à la porte. Un regard vers ses pieds : les bottes étaient toujours aussi luisantes !

En sortant de la taverne, il se sépara de son compagnon et se dirigea d'un pas alerte vers son logis en empruntant la Grand Rue. A quelques pas de là des ouvriers travaillaient, soulevant un nuage de poussière. Toujours aussi précautionneux, Hans décida de faire un détour. Il tourna à droite dans une petite ruelle qui lui permettrait de rejoindre l'artère principale au niveau de l'Hôtel du Faisan Doré.

Absorbé dans ses pensées, il ne prit pas garde à deux individus qui lui avaient emboîté le pas depuis sa sortie du café. Brutalement, un violent coup sur la tête envoya son képi rouler sur le trottoir et Hans Mayer s'écroula...

Un couple de voyageurs sortait de l'Hôtel en bavardant joyeusement. La jeune femme avait un fort accent étranger. Elle aperçut le soldat qui gisait immobile au milieu de la venelle et poussa un cri. Le couple s'approcha, l'homme se pencha et constata qu'Hans respirait malgré la blessure qui apparaissait sur son crâne. Le sang avait coulé le long des favoris depuis une large estafilade. Hans Mayer devait avoir la tête dure. Il reprenait peu à peu ses esprits, soutenu par les deux voyageurs.

La jeune femme s'étonna alors de le voir sans chaussures. Cette remarque agit alors comme un coup de fouet et termina de ranimer le blessé. Il fixa avec désespoir ses chaussettes et ne put que constater la disparition de ses superbes bottes neuves.

Avec un peu d'aide, il réussit à se lever et le couple l'invita à boire un remontant à l'Hôtel pour se remettre.

Hans ramassa son képi et accepta tout en marmonnant :

— Quand je pense que je m'étais mis sur mon Trente-et-un !

— Sur votre Trente-et-un, s'étonna la jeune femme ?

Ils arrivaient à l'Hôtel. La serveuse écarquilla les yeux en voyant ce militaire si bien habillé sans chaussures et conduisit le trio vers le bar avant de s'éloigner.

Une fois assis, Hans se tourna vers ses sauveteurs :

— Nous sommes aujourd'hui le dernier jour du mois de mai. Notre souverain a instauré une coutume, et nous lui en sommes très reconnaissants : celle de verser à ses soldats une prime substantielle chaque fois que le mois est plus long que les autres.

— Vous voulez dire quand il a trente-et-un jours ?

— Exactement ! Et comme cela ne se reproduit que sept fois dans l'année, nous avons l'habitude de fêter cette prime en nous habillant avec le plus grand soin.

Hans passa la main dans ses cheveux poisseux et jeta un regard attristé sur ses pieds dont les chaussettes blanches avaient pris une teinte indéfinissable.

— J'avais de si belles bottes et je les étrennais pour ce moment rare !

— Ne vous plaignez pas, rétorqua le voyageur ! Vous auriez pu y laisser la vie. Il y aura d'autres mois semblables au mois de mai. Plaie d'argent n'est pas mortelle, dit-on dans mon pays, la France.

Le mot "argent" fit réagir le militaire qui mit la main dans la poche de sa vareuse et constata, surpris, que sa bourse y était toujours. Il en vérifia le contenu : il n'y manquait pas un pfennig.

— Ils m'ont juste pris mes bottes !

— Vous vous en tirez bien et il ne vous reste plus qu'à retourner chez votre bottier.

Le voyageur sortit la montre de son gousset et ajouta :

— Nous allons être contraints de vous quitter. Nous comptions faire une promenade mais votre rencontre a changé nos projets. Nous nous réjouissons d'avoir pu vous venir en aide. Mais la soirée approche et nous sommes invités chez des amis. Ne nous en veuillez pas de vous abandonner.

— Et je dois, moi aussi, me mettre sur mon trente-et-un, ajouta la jeune femme en souriant.

Martine.

L'opportunité d'une île

La soirée du commandant battait son plein à bord du "Princess of Greece". Sous les lustres dorés, les passagers dansaient. Vêtus de tenues impeccables et parés de bijoux made in PRC, les passagers dansaient. Assis à sa table, Alexandre s'ennuyait...

Il était parti sur un coup de tête faire cette croisière qui promettait la découverte d'îles peu connues, pour rompre avec son activité de trader à Paris. Il était saturé de cette vie à courir, en quête de temps, tendu vers ses engagements. Mais passer des journées dans une ambiance factice dénuée de toute connexion avec son monde l'oppressait. Il ne quittait pas son iPhone devenu inutile et le manipulait sans cesse. L'Homme rêve d'aventures, mais pleure Pénélope dès qu'il navigue.

Au moment où, excédé par la foule des danseurs, il se levait pour rejoindre sa cabine, l'animateur annonça l'escale du lendemain : São-Nicolau, l'une des îles de l'archipel du Cap-Vert. Il avait entendu parler de ces îles, où des descendants d'esclaves et de colons avaient construit une nation. L'île ne disposant pas d'un port capable d'accueillir le monstre, les passagers avaient été transbordés sur un bateau mieux adapté.

La couverture internet, trop incertaine, le fit très vite renoncer à se connecter. Quitte à passer une journée à terre, autant suivre le groupe qui s'était formé à la suite du guide. Alexandre fermait la marche et n'écoutait guère les explications qui lui parvenaient comme un lointain murmure. Baissant la tête, il observa la chaussée avec étonnement : la rue était impeccablement pavée de petits cubes de pierre grisâtre. Autour de lui, des maisons de couleurs vives aux jardins soignés et fleuris. Des mamans tressaient les cheveux de leurs fillettes. Chemin faisant, Alexandre ressentit comme une onde de douceur ; il ralentit le pas et finit par s'arrêter pour écouter la musique fredonnée par une jeune femme qui étendait son linge. Pendant qu'il savourait cet instant, Joao, jeune cap-verdien blond aux yeux verts, l'aborda dans un français parfait quoiqu'un peu suranné. Il lui apprit qu'il avait vécu trois années à Paris avant de revenir dans son île pour y enseigner. Il ne rêvait que de repartir, à l'étroit dans ce monde qu'il connaissait trop bien. Le signal d'une notification indiqua à Alexandre qu'il était enfin relié au monde moderne mais il ne fit aucun geste pour se saisir de cet objet qui, il y a peu, constituait le prolongement permanent de sa main.

De retour au port, il constata que le "Princess of Greece" avait disparu, ce qui ne diminua en rien l'état de bien-être dans lequel il se trouvait. Il partit à la recherche d'un gite. Joao l'accueillit avec joie dans sa petite maison fleurie.

Le lendemain, les deux compères gravissaient le Monte Gordo, rafraîchi par les alizés qui inlassablement viennent buter sur l'ancien volcan. Joao voulait montrer à son nouvel ami comment les hommes arrivaient à subsister dans des conditions quasi extrêmes de sècheresse :

— L'eau, ici, est un besoin vital auquel il faut répondre par tous les moyens !

Alexandre observait, incrédule, de grands panneaux constitués de filets entrelacés reliés à des bidons remplis de la précieuse ressource. Joao lui expliqua que le refroidissement nocturne condensait le brouillard en gouttelettes qui se déposaient ensuite sur les mailles des filets, comme se forme la rosée.

Plus bas, plongeant dans l'océan, la lave formait des flots d'ébène. Le ressac de l'Atlantique illuminait un rivage de jais, charriant les galets dans un tonnerre continu. Les vagues s'écroulaient, jamais lassées. Il doit y avoir un vieux différent entre la mer et la terre pensait Alexandre tandis qu'il observait les escadrilles de goélands, se demandant si les oiseaux blancs regardaient le paysage... Ils tenaient le surplace, pendant que l'horizon rougeoyait.

A l'intérieur des terres, Vila-Da-Ribeira-Brava, oasis de vie au milieu du désert. Au-dessus, des dragonniers aux allures de parasols, aux pieds évasés, sous un ciel affolé de lumière.

— Il faudrait avoir un cœur de pierre pour rester insensible à ce spectacle, s'écria Alexandre. Joao ! regarde ! Ton île étincelle comme un diamant !

Sur le chemin du retour, un groupe de jeunes filles lavait du linge en riant. Cette scène bucolique lui rappela la lessive de Nausicaa. Ses parents tenaient à leurs origines helléniques et il pensa à ce livre qui avait bercé son enfance : l'Illiade et l'Odyssée. C'est peut-être pour cette raison qu'il aimait tant les îles.

Deux jours passèrent. Alexandre se trouvait dans un état de quasi-béatitude, charmé par la sérénité des lieux et la gentillesse des gens. Au détour d'une rue, il fut abordé par un policier qui, dans un anglais très approximatif, lui expliqua que le navire avait constaté son absence et demandait que les autorités de l'île affrètent une barque pour le rapatrier.

Alexandre éclata de rire devant le policier stupéfait.

— Vous pouvez prévenir le commandant que j'arrive.

Il salua et fila vers la maison de Joao. Peu de temps après, un jeune homme pressé embarquait pour rejoindre le paquebot.

Au même instant, sous le porche de la maison, Alexandre savourait cette sensation de plénitude. Il découvrait sa vraie nature de contemplatif. Il laissait ses pas suivre un chemin qu'il n'avait pas décidé, guidé par son seul désir du moment. Il avait enfin trouvé son Ithaque.

Une musique s'échappait de la maison d'en face : la Diva aux pieds nus chantait :

« Pétit Pa i, jé t'aim beaucoup. »

Loys.

SOMMAIRE

Livio Éditions
184 Avenue Frédéric Mistral
83110 Sanary-sur-Mer
ISBN : 978-2354550455
Prix de vente TTC : 10€
Dépôt légal : mai 2021
Illustration de couverture : Marc Dupuy